情系邢州

——河北邢台地区发生强烈地震

董 胜 编写

吉林出版集团股份有限公司

图书在版编目（CIP）数据

情系邢州：河北邢台地区发生强烈地震/董胜编. —

长春：吉林出版集团股份有限公司，2009.12

（共和国故事）

ISBN 978-7-5463-1770-0

Ⅰ．①情… Ⅱ．①董… Ⅲ．①纪实文学－中国－当代 Ⅳ．①I25

中国版本图书馆 CIP 数据核字（2009）第 237706 号

情系邢州——河北邢台地区发生强烈地震

QING XI XINGZHOU   HEBEI XINGTAI DIQU FASHENG QIANGLIE DIZHEN

编写　董胜

责任编辑　祖航　息望　林琳

出版发行　吉林出版集团股份有限公司

印刷　三河市嵩川印刷有限公司

版次　2010 年 1 月第 1 版　　　　2022 年 1 月第 8 次印刷

开本　710mm×1000mm　1/16　　　印张　8　字数　69 千

书号　ISBN 978-7-5463-1770-0　　　定价　29.80 元

社址　吉林省长春市福祉大路 5788 号

电话　0431－81629968

电子邮箱　tuzi8818@126.com

前　言

自 1949 年 10 月 1 日中华人民共和国成立至今,新中国已走过了 60 年的风雨历程。历史是一面镜子,我们可以从多视角、多侧面对其进行解读。然而有一点是可以肯定的,那就是,半个多世纪以来,在中国共产党的领导下,中国的政治、经济、军事、外交、文化、教育、科技、社会、民生等领域,都发生了深刻的变化,中国人民站起来了,中华民族已屹立于世界民族之林。

60 年是短暂的,但这 60 年带给中国的却是极不平凡的。60 年的神州大地经历了沧桑巨变。从开国大典到 60 年国庆盛典,从经济战线上的三大战役到经济总量居世界第三位,从对农业、手工业、资本主义工商业的三大改造到社会主义市场经济体制的基本确立,从宜将剩勇追穷寇到建立了强大的国防军,从废除一切不平等条约到独立自主的和平外交政策,从"双百"方针到体制改革后的文化事业欣欣向荣,从扫除文盲到实施科教兴国战略建设新型国家,从翻身解放到实现小康社会,凡此种种,中国人民在每个领域无不留下发展的足迹,写就不朽的诗篇。

60 年的时间在历史的长河中可谓沧海一粟。其间究竟发生了些什么,怎样发生的,过程怎样,结果如何,却非人人都清楚知道的。对此,亲身经历者或可鲜活如昨,但对后来者来说却可能只是一个概念，对某段历史的记忆影像或不存在，或是模糊的。基于此，为了让年轻人，特别是青少年永远铭记共和国这段不朽的历史，我们推出了这套《共和国故事》。

《共和国故事》虽为故事，但却与戏说无关，我们不过是想借助通俗、富于感染力的文字记录这段历史。在丛书的谋篇布局上，我们尽量选取各个时代具有代表性或深具普遍意义的若干事件加以叙述，使其能反映共和国发展的全景和脉络。为了使题目的设置不至于因大而空，我们着眼于每一重大历史事件的缘起、过程、结局、时间、地点、人物等，抓住点滴和些许小事，力求通透。

历史是复杂的，事态的发展因素也是多方面的。由于叙述者的视角、文化构成不同，对事件的认知或有不足，但这不会影响我们对整个历史事件的判断和思考，至于它能否清晰地表达出我们编辑这套书的本意，那只能交给读者去评判了。

这套丛书可谓是一部书写红色记忆的读物，它对于了解共和国的历史、中国共产党的英明领导和中国人民的伟大实践都是不可或缺的。同时，这套丛书又是一套普及性读物，既针对重点阅读人群，也适宜在全民中推广。相信它必将在我国开展的全民阅读活动中发挥大的作用，成为装备中小学图书馆、农家书屋、社区书屋、机关及企事业单位职工图书室、连队图书室等的重点选择对象。

编　者

2010 年 1 月

一、 震灾波及范围

● 跑出来的人们或趴在地上，或拼命抱住树木，他们看见周围的一切在晃个不停。

● 天塌地陷的大地震，还使平坦的大地裂开了一道道大缝。

● 刘琦严肃地说："群众遭这么大的难，先救群众要紧。"他随手把那包饼干塞到了一个儿童的手中。

邢台农村发生强烈地震

1966 年初春，在二三月之交，广袤的华北大平原上春寒料峭。田地里，农民们已经在做着春耕的准备。

此时，地处华北平原的邢台地区农村，出现了一些怪异现象。在白天，老鼠搬家，村中的狗狂吠不止，河里水位上升。

3 月 6 日早上，5.2 级地震发生在邢台隆尧县。牛家桥村的村民们像往常一样，正在打扫庭院。突然，大地摇晃起来，令人站立不稳。

村里的房子如同受惊了似的，颤动得特别厉害，有的还裂了小缝儿。有的村民说是闹"地动"了。

由于地震不大，人们只是感到好玩，并不知道地震有多么可怕。

与此同时，在北京的中国科学院地球物理所，收到了白家疃地震台发来的地震信息，地球物理所马上汇报了中央。

3 月 7 日 14 时，地球物理所派出的科考队到达石家庄，与先期到达的河北省地质局的两名科技干部会合，除派杨玉林、林帮慧两人直接到邢台市向邢台地委汇报联系外，其余人直奔宁晋。他们于 3 月 7 日 23 时赶到耿庄桥设立了观测点。

3月7日，干旱多日的大平原上下了一场雪。

灰蒙蒙的雾霭笼罩着大地，天地间似乎潜藏着几许不祥的气息。

3月7日傍晚，雪停了。劳作一天的人们吃罢晚饭后，大都早早歇息了。

夜里，月隐云中，大地突然变得异常宁静，只有村庄里的狗叫个不停。

黑沉沉的大地下面正悄然孕育着一场灾难。

3月8日5时29分，人们还沉浸在黎明前的睡梦中。突然，一阵巨响惊醒了沉浸在睡梦中的村庄，时而如怪兽嘶吼，时而如闷雷滚过，时而如巨潮袭来。

人们正在纳闷时，大地猛然剧烈地晃动起来。村民叫喊着、摸爬着往屋外跑。

"哗啦啦"，紧接着，房子纷纷倒塌了。跑出来的人们或趴在地上，或拼命抱住树木，他们看见周围的一切都在晃个不停。

房子一晃朝着西边地面倾倒，一晃又朝着东面倾倒，再一晃房子散架了。

天上刮着黑风，响着怪雷，就像谁把老天捅了个窟窿似的。

顷刻间，倒塌的房屋砸向还在熟睡的人们，数千人再也没有醒来，而被惊醒的人们却不知道发生了什么。

3月8日的凌晨，7岁的王西龙在睡觉的时候，被父亲裹着被子突然从床上抱了出来，跑到院子外边，看到

震灾波及范围

大街上有很多人，大家都慌里慌张的。

住在隆尧县城的梁晓平正在睡觉，突然感到晃动得厉害，房上好像有人在跑，以为是有人偷东西，结果跑出来一看，房倒屋塌。

不久，太阳终于从满天烟云中露了出来，照亮了大地。

惊魂未定的人们看到的是一场浩劫之后的悲惨情景，昨日的村镇，现已房倒屋塌，成为一片废墟，被埋在瓦砾之下的人数以千计。

隆尧县白家寨、牛家桥全村、毛儿寨公社杜家庄的房屋大部分倒塌，各村人员伤亡均有数百人。

受灾最严重的是位于震中的马栏村。

3月8日清晨，村里只有几个拾粪的农民提前出门，躲过一劫。

大震过后的马栏村，房屋全部被毁坏，全村1800人被埋入瓦砾，死亡490人，伤481人，伤亡总共近千人。

地震的时候，马栏村村民赵连香正睡着，突然她感觉地面朝上一拢，呼啦呼啦地响，一托一托，房顶哗一下就下来了，砸在地下。地还在晃，一个劲地晃，晃得人都不能出去了。

地震发生时，马栏村村民袁桂锁觉得屋子咣当咣当来回晃得非常厉害，他就喊小孩妈妈，说地震了。他往外一爬，就跳到屋里地上。

这时，整个屋顶突然飞起来了，那大屋梁子"咣"

一下就下来了，就把袁桂锁压在大梁底下了。

袁桂锁后来被别人救了出来，但他的女儿却被埋葬在倒塌的房子下。

地震发生的一刹那间，大地先是上下颤动，然后左右晃动，人们像坐筛子一样，站立不稳。伴随着一阵轰隆轰隆的响声，墙壁开裂，屋顶移位，大梁门窗错动，发出嘎吱嘎吱的巨响。刹那间，房倒屋塌。

面对这突如其来的灾难，一部分人靠着人类求生的本能，紧急逃生，有的撞开门窗逃到屋外，有的躲到容易保命的墙角或桌下，而更多的人则处在睡梦中尚未来得及作出反应，就被倒塌的房屋砸埋在屋内。

地震发生后的一瞬间，震区成为一片废墟，旋即，废墟上伤者、生还者发出撕心裂肺的呼救声，夹杂着动物的嘶鸣声，汇成悲壮的音符。

刚刚从被窝中逃脱的生还者，有的穿着裤头，有的赤身裸体地站在寒冷夜幕的废墟中，瑟瑟发抖。

许多人被眼前的情景吓呆了，在人们的招呼下，一些人才恢复常态，投入到自救互救之中。

天亮以后，一个个被砸埋者被救出，在救出的伤员中，有的伤势较轻，仅是受到些皮肉之苦，有的则伤势较重，造成四肢和躯干骨折。

许多人把生的希望留给别人，把死的危险留给了自己。

在地震区隆尧县白家寨乡一些重灾村庄，被砸死的人有的占到一半，有的占到七成，一家人全部遇难的比比皆是。

一排排、一堆堆的尸体摆放在倒塌的废墟上，有的用棉被、床单盖着，有的用草帘盖着。

震后灾区地貌发生变化

1966年3月7日晚,隆尧县城的杜梨睡在县文教局会议室的两个长椅上。5时多,两个长椅忽然裂开,杜梨被摔到地上,他在摇晃的地面上打着趔趄爬起来。一阵巨响过后,他听到院子里一片嘈杂声。

3月8日上午,杜梨带着对地震的恐惧,仍然坐上了到海河工地的汽车。10时,只见前面的汽车突然扭起了秧歌,扭着扭着又跳起了舞,接着便一头栽进了旁边的路沟。

只见路边的麦田平地蹿起三尺高的黑水,黑水卷着泥沙漫过了公路,填满了路沟,公路也裂开了一尺宽的裂缝。

附近村庄升起的烟尘汇成一片黄云,瓦片乱飞,鸡鸣狗吠,大小牲口到处乱窜。

震后灾区地形地貌变化显著,出现大量地裂缝、滑坡、崩塌、错动、涌泉、水位变化、地面沉陷等现象。喷水冒沙现象普遍,最大的喷沙孔直径达两米。

地下水普遍上升两米多,许多水井向外冒水。低洼的田地和干涸的池塘充满了地下冒出的水,淹没了农田和水利设施。

地面裂缝纵横交错,绵延数十米,有的达数公里,马栏一个村就有大小地裂缝 150 余条。有的地面上下错动几十厘米。

天塌地陷的大地震，还使平坦的大地裂开了一道道大缝。

邢台市位于河北省的南部，京广铁路由北向南穿城而过，把邢台分为东西两区。邢台市以东是华北大平原，大平原沃野千里，人烟稠密，是我国最主要的粮食产区。

这座有着 5000 年历史的古城，在历史上曾四次建国，两次定都。但邢台多少年来一直默默无闻，直到 1966 年初春的大地震使邢台"一夜出名"，人们也在这场震撼邢台的灾难中认识了什么是地震。

震区内滏阳河两岸造成严重坍塌，任村滏阳河故道被挤压成一条长 48 米、宽 3 米、高 1 米的土梁。部分水库的堤坝也因此出现裂缝和塌方。

从 3 月 8 日至 29 日这 21 天的时间里，邢台地区连续发生了 5 次 6 级以上地震。地震后的邢台，土地开裂，大部分房屋倒塌，许多河堤已经破裂并向外流水，人民伤亡惨重。

在余震中，地上的裂缝里还在不断地往上喷沙冒水。目睹这一情况，加上当时农村封建迷信思想还很严重，许多民众感到惊恐，不少妇女大哭不止。

继这次 6.8 级强烈地震之后，3 月 22 日在宁晋县东南分别发生了 6.7 级和 7.2 级地震各一次，3 月 26 日在老震区以北的束鹿南发生了 6.2 级地震，3 月 29 日在老震区以东的巨鹿北发生了6级地震。

邢台地震的破坏范围很大，一瞬间便袭击了河北省邢台、石家庄、衡水、邯郸、保定、沧州等6个地区、80个县市、1639个乡镇、1.76万个村庄。

地震造成这一地区死亡8064人，受伤33.8万人，倒塌房屋508万余间。

6.8级地震波及142个县市，7.2级地震破坏范围包括136个县市。有震感的范围包括北到内蒙古多伦，东到烟台，南到南京，西到铜川等广大地区。这次地震，震源深度9公里，震中烈度为10度，这一地震群，统称为邢台地震。

邢台大地震是新中国成立以来，第一次发生在平原人口稠密地区，持续时间长、破坏严重、伤亡惨重的强烈地震灾害。

这次地震除了河北省受重灾外，与该地区毗邻的山东、山西、河南三省也遭受不同程度的灾害。

邢台地震使该地区的工农业生产和基础设施遭到严重破坏。

110多家工厂和15座矿山被迫停产，近千家商业店铺被震倒，52个县（市）邮电局被震毁。

电力设施遭到破坏。邯郸、峰峰、天津、临清、聊城等7个电厂和淄博东营变电所遭到破坏，电网被迫一度中断。

这次地震，使交通运输破坏严重，京广和石太等5

条铁路沿线的桥墩和路堑多处遭破坏。震毁和损坏公路桥梁77座，其中40座公路桥需拆除重建。

地震震毁邢台地区各级医院、防疫站、卫生所近200家，使灾区的医疗卫生设备受损严重。地震区内近千所中小学校舍被震毁。

农业和水利设施也遭到了严重破坏，河道遭到毁灭性破坏的长度达46公里，多座河闸倒塌或被严重破坏。

当地驻军紧急抢救群众

3月8日早晨，天还未亮，驻地离隆尧有20多公里的解放军六十三军一八七师五六〇团，接到赶快到隆尧地震区的命令。救灾部队紧急集合起来以后，战士们带上工具，以急行军的速度奔赴震区。

通往隆尧的公路两边都漫出水了，公路不通，战士们只能抄近路，怎么快怎么跑。

有的干部、战士帽子跑掉了也顾不上捡，摔倒了爬起来继续前进。救援部队不到两个小时就跑到了震区，战士们累得满头大汗、气喘吁吁。

当时，驻扎在邢台地区的部队，主要为中国人民解放军六十三军一八七师和一些地方部队。六十三军是一支在抗日战争烽火硝烟中历练出来的队伍，与晋察冀人民结下了血肉情谊。在地震灾害袭来时，他们又冲到了灾区最前线。

3月8日当天，六十三军就成立了以军政委蔡长元为总指挥的前线救灾指挥部，并进驻灾区。

蔡长元等顾不得休息一下，便立即和县抗震救灾指挥部联系，把灾区划分若干片。部队火速赶到各自指定的救灾地点，投入了抢险救灾的紧张战斗。

战士们人抬肩扛，托起房梁，清除瓦砾，抢救那些被埋在废墟下的伤员，奋不顾身地钻进倒塌的房屋里，抢救出压在里面的受伤群众。

战士们在救人的时候，只能用手，不敢用镐，不敢用铁锹。挖得两只手上都是血。

天上仍在下着小雨，地上还有雪化成的水。每个战士满身又是泥又是血的。

战士们奋力救出伤员，把他们送往医疗队进行救治。解放军战士们的及时抢救，挽救了许多百姓的生命。

有的重伤员需到几公里，甚至几十公里外去治疗。解放军战士和灾民们一道，用倒塌房屋的门板抬起伤员，奔赴医院。

以五好战士杜连友为首的 5 位解放军战士被分配抬伤员，为了减轻伤员的痛苦，他们抬得稳，动作轻，把重伤者送到治疗中心后，又迅速投入到抢救灾民的行动中。

解放军在到达后的第一天，全体官兵在抢救群众之余，还把随身带来的食品分发给灾民，把热乎乎的米饭端给乡亲。

官兵们在地方干部和群众的共同努力下，在很短的时间内，搭建了许多结实的简易棚，使大部分灾民得到妥善安置。

部队到达灾区后，立刻架设好通讯设备，很快地与各级领导建立联系，并及时地报告灾情，进行协调调度。

空军某部直升机奉命紧急起飞，在地面引导下，来到灾区。危重伤员被抬上直升机，送往大城市的医院进行抢救。

在交通不通畅的情况下，直升机运输就显得十分有效及时，这是中国直升机部队首次大规模的救灾行动。

震区干部火速组织抢险

1966 年 3 月 8 日地震时，新河县委副书记李忠华正在王府公社仙庄大队蹲点，他住的三间土坯房在地震时全部倒塌。正在睡梦中的李书记也被砸在屋中。

一尺多厚的泥土埋到胸口，使他呼吸困难，砖瓦木料沉重地压住了他的手脚，他一动不能动。

幸好李忠华没有被砸住要害部位。他被村支书和两位青年救出来时，胳膊受伤，鼻子出血。

满身灰土的李忠华第一句话就问："社员们怎么样了？都救出来没有？"

当得知全村 380 多间房子全部倒塌时，李忠华对村支书大声说："赶快组织群众互救，救命当紧！"

说罢，他顾不得再去找衣服，穿棉衣，只穿一条短裤，赤着双脚，光着膀子，冒着冰冷霜寒，带领 10 多名村民，开始了抢救被埋群众的行动。

隆尧县委副书记、县长薛宝柱 3 月 7 日 24 时才睡觉。这位县长有个习惯，不管白天怎样疲劳，睡觉到早晨 5 时就醒。

这天，薛宝柱刚睡醒，就感到房子剧烈晃动，他没来得及穿上衣服就迅速跑出去了。

几秒钟的强烈震动过去了，薛宝柱急忙进屋拿衣服穿，这时才发现，他住的质量比较好的房子都出现了一些裂缝，床头掉下几块砖落到身旁。

此时此刻，薛宝柱已预感灾情严重，一种强烈的责任心驱使他赶快把同院里的人叫起来，然后他跑到县委，研究抗灾对策。

县委书记张彪住在县委，因头天晚上睡觉很晚，强烈的地震还没把他震醒。薛宝柱急忙把张彪叫醒，往各公社打电话。

可是，县委通往各公社的电话不通。薛宝柱只好跑到县邮电局，隆尧西部各公社的电话很快都打通了，但是东部各公社的电话都不通，情况不明。

根据隆尧县城的灾情和种种迹象判断，东部几个公社可能是重灾区。因此，薛宝柱决定立即赶赴东部查看灾情。

县人委门口停着一辆救护车，是邢台地区医院在当天24时到隆尧救护一个病员的。

薛宝柱便乘坐这辆救护车到隆尧东边去察看。他们先到牛家桥，这里房子都倒了，废墟堵塞了道路，救护车进不去。

救护车又开到千户营，沿滏阳河大堤走，一路上看到房屋倒塌，伤亡惨重。

薛宝柱向千户营工作团团长及公社党委书记交代，让他们安置群众，组织抢救。

然后，薛宝柱把千户营7个重伤员拉到县医院进行治疗。随后，薛宝柱又去向县委汇报，进一步研究救灾对策。

北京、天津、邢台不断有电话打来，国务院、华北局、北京军区、省委、省人委、中国科学院、国家科委以及其他有关部门，多次来电话了解情况。

薛县长便守在县委办公室的电话旁，一边负责与外界及上级组织联系，一边指挥本县的抗震救灾。薛县长在那里坚守了三天三夜，因天气寒冷，他的脚后跟都被冻裂了。

邢台地委、专署在初步掌握灾情后，立即召开紧急会议，对救灾工作作了部署：

> 紧急抽调地直各级干部400名，组成抗震救灾工作团，火速赶赴灾区一线组织指挥救灾工作。
>
> 从大中专学校抽调学生600人，派往重灾区救灾；
>
> 决定原在重灾区工作团立即转入救灾工作；
>
> 动员和组织邢台地直和市直有关部门赶制各种食品送往灾区；
>
> 地、市两级医药仓库无条件向灾区发送各种药品、器械；地、市医疗单位紧急组成医疗队赶赴灾区抢救；
>
> 商业、供销、物资等部门紧急向重灾区调

拨木杆、竹竿、苇席、铁丝，以解决重灾区群
众搭建简易棚所需。

重灾区的隆尧、宁晋、巨鹿三县县委、县人委，也
都分别在地震发生后，召开紧急碰头会、电话会，动员
部署救灾事宜，使救灾工作迅速展开。

地震发生后，邢台地委书记刘琦，副书记师自明、
张双英，专员冯世英，副专员刘晓波、张剑虹等领导，
都以最快的速度赶到重灾区，视察灾情，慰问灾民，现
场指挥抢救工作。

3月8日9时许，邢台地委书记刘琦，驱车赶往重灾
区隆尧县。

刘琦边走边看，越走灾情越重，进入隆尧县境内，
看到大部分村庄的房子都倒了，耳边不时传来人们凄惨
的哭声。

此时此刻，刘琦的心情异常沉重，他一再催促司机：
"把车再开快点！"

坐在颠簸起伏的车内，刘琦思索着如何应对这场突
降的灾难。

不一会儿，汽车驶到了隆尧县牛家桥村头，因房屋
倒塌，汽车已无法通行。

刘琦徒步走进了村子，他看到村里的情况，心里很
难过。

该村已成一片废墟，街边摆放着一具具死者的尸体，

老人和儿童在不停地哭泣，年轻人零零散散地正在抢救和刨挖被砸的物资。

刘琦紧走了几步，来到了村子中间，他紧紧地握住一位老乡的手，对着惊魂未定的群众高声喊道："乡亲们！不要怕，我是代表地委、专署来看望大家的，有党中央、毛主席，有各级政府，天大的灾难我们也能克服。"

随后，刘琦详细了解了该村的死伤情况，查看着灾情。他走着走着，一阵悲痛的哭泣声，挡住了刘书记的脚步。

原来是一位蓬头垢面的老太太，正伏在三具遗体旁不停地哭泣："天哪，这地动害人，可叫我这老婆子怎么活呀！"

面对此情此景，刘琦不禁掉下泪来。

刘琦来到老人家跟前，蹲下身子，将自己的棉衣披在老太太身上，亲切地说："老人家不要怕，政府和组织一定会照顾您的。"

紧接着，刘琦又先后视察和慰问了白家寨、马栏等村庄。

在16时多，空投的饼干及食品分发到群众手里。

随同刘琦视察的张秘书，将一包饼干送到刘琦的手中，并诚恳地说："刘书记，你中午饭还没吃呢，你就垫补一点吧。"

刘琦严肃地说："群众遭这么大的难，先救群众要紧。"说着，刘琦随手把那包饼干塞到了一个儿童的手中。

太阳落山了，刘琦拖着疲惫不堪的身子，回到了牛家桥抗震救灾临时指挥部，又开始研究下一步的救灾工作。

邢台地委副书记师自明、副专员刘晓波，与灾民同吃同住，共渡难关。

隆尧、宁晋、巨鹿县的党政领导张彪、赵安芳、张玉美，也都以最快速度，赶赴重灾村庄一线，组织指挥救灾抢险。

中共河北省委、省人民委员会，对抗震救灾工作非常重视。

3月8日上午，省人委在天津召开有关部门负责人参加的紧急会议。

会议由副省长杨一辰主持，研究部署抢救安置措施。会议决定：

> 立即组织人力物力开赴地震现场，抢救受灾群众；安置灾民生活，组织加工熟食送往灾区；迅速组织医疗队进入地震现场；组织慰问团到灾区慰问。

根据省人委的部署，省卫生厅副厅长傅大为，带领天津、唐山一部分医疗能力强的医务人员，于当天赶到

震灾波及范围

邢台灾区。

省直组织的医疗队 2300 多人，邯郸、石家庄、衡水、沧州、保定和天津市的医疗队 1300 人，当天也到达灾区。

同日 21 时 30 分，正在邢台视察工作的省委副书记阎达开，在邢台主持召开了现场救灾紧急会议，进一步研究制定了救灾措施。

邢台强烈地震的消息传到北京，立即引起党中央、国务院高度重视。

二、 周恩来亲赴灾区

● 房子一个劲地摇晃，门窗作响，墙上的白灰和尘土不断地往下掉，几块墙皮掉到了周恩来身上。

● 周恩来刚刚站到木箱上，就发现群众是在顶着风听自己讲话，于是马上提出要掉过来，让自己顶风向群众讲话。

● 有人拿来一个大黑碗，在水桶里盛了一碗水，递给周恩来，周恩来接过来，一饮而尽。

周恩来到隆尧部署工作

1966 年 3 月 8 日 5 时许，驻石家庄六十三军副军长兼参谋长徐信，被强烈的震动所惊醒。徐信迅速地意识到这是地震了。军人特有的警惕性和快速反应使他作出了最快的决定。

通往河北省隆尧县的公路上，行驶着一辆吉普车和一辆军用大卡车。这两辆车内，乘坐着最早闻讯的徐信和军政委蔡长元等军部一些指战员。

蔡长元、徐信等驻军负责人在震后不到一个小时内，赶到了震中的隆尧县。之后，他们便迅速组织部队，建立了临时抗震救灾指挥部，并用无线电台向北京军区、国务院报告了情况。

与此同时，该军张英辉军长在石家庄建立了后勤指挥部，组织大批救灾部队进入灾区。

邢台地震的消息传到国务院。周恩来在得知后立即向毛泽东作了报告。

毛泽东得知这一情况后，对灾区人民十分关心。毛泽东提出，由国务院全权负责抗震救灾工作，要求立即派解放军去灾区帮助当地人民抗震救灾，并组织灾区人民自救。

周恩来立即召开紧急会议，对抗震救灾工作作了紧急部署，并且制订一个初步方案，报请毛泽东批准。

之后，周恩来决定亲自到灾区察看情况，并组织抗震救灾。

3月8日上午，周恩来下达了两道紧急命令：

　　　　第一，立即派当地驻军赶赴灾区，救死扶伤。

　　　　第二，要空军司令部准备飞机，他准备乘飞机到地震灾区去。

第二天，周恩来亲赴灾区组织抗震救灾。

在飞机上，周恩来同随行人员一起研究了组织邢台人民抗震救灾的方案。

一下飞机，周恩来立即同前来迎接的河北省委副书记阎达开、六十三军军长张英辉、石家庄地委书记康修民、邢台地委副书记张双英等人见面。

周恩来与他们见面后的第一句话，问的就是灾区的情况。

在石家庄地委招待处的一座小白楼里，周恩来听完汇报已经是20时了。周恩来提出要连夜赶到隆尧，并问交通工具怎么样。

大家都劝周恩来在石家庄休息一夜，明天再去。周恩来坚持要去，并说："我坐飞机来的，坐车去就行了，用不着地下跑，也累不着。"

阎达开说："余震不断，不安全。"

周恩来说："那么多群众都不怕不安全，我们还能怕不安全吗？地震没有什么了不起的，今夜一定要去。"

张双英说："就是担心总理太累了。"

周恩来反驳说："我还不觉得累，你怎么知道我累了呢？咱们就这样定了。"

周恩来在小白楼招待所匆忙地吃了碗炸酱面。

晚上20时30分，周恩来从石家庄登上专列火车，沿京广线向南开去。经过一个多小时的行驶，专列就到了冯村车站。

军政委蔡长元、副军长徐信等领导，从隆尧开出6辆吉普车，在冯村迎接周恩来。

周恩来在冯村改乘汽车，直奔隆尧县城。

3月9日这天，邢台震区发生余震上千次，大地还在频繁地颤动，时有残垣断壁倒塌。天空阴暗，狂风呼啸着。

周恩来到达隆尧时，天上还下着小雨，路上已经没有了路灯，一片黑暗，周围都是倒塌的房屋，到处都是砖头瓦块。

周恩来不顾旅途劳累，也不顾黑暗中有被绊倒的可能。他下车后，就直奔设在隆尧县委的救灾指挥部。

当地干部怕周恩来摔倒，就提着马灯在前边引路。在黑暗中摸索着走到了当地抗震指挥部。

在救灾指挥部负责同志的陪同下，周恩来走进隆尧县县委办公楼。

在县委书记张彪的办公室里，周恩来听取了救灾指挥部和隆尧县委的灾情汇报和救灾情况汇报。

面对惊慌的当地干部，周恩来了解着受灾面积，老百姓的伤亡情况，现在采取了什么措施，抢救工作现在进行得怎么样等诸多情况。

当地干部见周恩来在仍然有较大余震危险的地点，仍如此从容不迫、镇定自若，心绪也就都稳定了下来，认真地向周恩来汇报着情况。

正当周恩来仔细地听取着汇报时，一次较大的余震又发生了，房子一个劲地摇晃，门窗作响，墙上的白灰和尘土不断地往下掉，几块墙皮掉到了周恩来身上。

大家担心周恩来的安全，都劝他出去。周恩来却安详地坐在那里，不慌不忙地说："不要怕嘛，这是余震，咱们还是接着谈吧。"

看到周恩来那样安详的神情，大家的紧张情绪很快就消失了。

在这里，周恩来和大家一起分析了灾情，又对抗震救灾作了全面安排和部署。

周恩来说："我是代表党中央、毛主席来慰问地震灾区群众的，我觉得地震灾害既成事实，我们下一步的工作，主要是怎样领导群众克服灾害的问题，我们今后的工作方针是不是这样提出：自力更生，奋发图强，重建家园，发展生产。"

在场的党政军领导同志都表示赞成，并决定把这几句话作为今后的行动纲领。

周恩来对抗震救灾工作提出了以下要求：

在一个星期内，到 14 日，把秩序恢复起来，要帮助群众把死者掩埋好，安置好伤员，使伤病员得到治疗，再帮助群众搭好棚子，把简单的生活恢复起来，然后转入正常的生产救灾工作。

加强对受灾社队的领导。受灾严重的社队基层干部死伤过多的，由周围轻灾区抽调一些干部去充实，代理职务，帮助工作，轮流受教育。

要发挥地方干部的积极性，提倡学习焦裕禄、王杰……把工作做好。

由军队和地方组织统一的救灾指挥部。凡是参加救灾的党政军、医疗卫生，由救灾部队统一指挥。

组织后方支援机构，设在石家庄驻军机关，由军长挂帅，邢台、石家庄专区各有一名副专员、石家庄市有一名副市长参加，前方指挥部设在隆尧……

从 3 月 8 日凌晨得知邢台地震的消息到现在，周恩

来已经连续两天两夜没有休息了。

开完会，周恩来仍然不肯休息。他又一个一个地找当地干部和驻军首长，布置落实具体的救灾措施。晚上，周恩来只是简单地吃了一点儿当地农民用粗粮做的干粮后，又亲自布置起抗震救灾工作。

周恩来视察地震中心区

3 月 10 日下午，周恩来要到灾情最严重的白家寨视察。

当地干部说，去白家寨的路已经不通了。

周恩来说，路不通也要去。从什么地方可以去?

当地干部说，要从石家庄绕道过去。周恩来说，我们马上回石家庄，说完便站起身。

当晚，周恩来又乘火车连夜从冯村回到石家庄。

列车在石家庄刚刚停下，周恩来就让当地干部安排车去白家寨。

当得知从石家庄去白家寨的路也不能通时，周恩来说，安排直升机，乘直升机去。

当时，我国的直升机飞行技术还不算高。周恩来明知乘直升机去会有危险，但他仍义无反顾。直升机安排好后，周恩来立即乘机飞向白家寨。

地震使白家寨遭受了严重破坏，道路不通使这里几乎与世隔绝。群众虽然也在当地领导的组织下开展了自救，但在道路不通、消息闭塞的情况下，大家心中还是没底，许多人仍处在惊惶失措当中。

3 月 10 日下午，周恩来从石家庄乘直升机去白家寨视察。

为了保证周恩来的安全，地震救灾指挥部蔡长元、袁捷、张彪、薛宝柱同志，预先在白家寨等候。

为了迎接周恩来的到来，在白家寨预先架起了一顶帐篷，以备周恩来接见和休息。到了预定的时间，一架直升机突然在马栏村降落。

大家估计可能是周恩来乘坐的飞机降落错了地点。县长薛宝柱急忙驱车赶到马栏村，一看，原来是抢救伤员的飞机，薛宝柱又迅速赶回白家寨。

这时，白家寨上空出现了一架护航机在空中盘旋。很快又来了两架飞机，一架是记者等人乘坐的，一架是周恩来及其随行人员。

白家寨的群众从当地干部口中知道了周恩来来了的消息。大家一听说在地震最严重也最危险的地方，敬爱的周总理来了，心情万分激动。

大家暂时忘记了灾情带来的悲痛，奔走相告"周总理来了，周总理来了。"

当周恩来来到白家寨村头时，2000多名群众拥向村头，热烈欢迎周恩来。

许多群众聚集到周恩来身边。看到这种情况，周恩来决定向群众讲话。

当地干部立刻为周恩来准备了一只木箱子。

周恩来刚刚站到木箱上，就发现群众是在顶着风听自己讲话。

于是，周恩来马上提出要掉过来，让自己顶风向群

众讲话，群众背对着风，这样才能免受风寒。

周恩来稳稳地站在方木箱子上，声音洪亮地说："同志们，乡亲们，你们受了灾，损失很大，毛主席让我来看你们。"

周恩来接着说：

> 你们这个地方是地震的中心，听到这个消息，解放军来了，医疗队来了，地方上工作队也来了。重伤的得到治疗，轻伤的也得到治疗，牺牲的掩埋起来。他们牺牲了，我们要继承他们的精神。

> 我们要和地球打仗。我们要改造自然，重建家园。光靠你们不行，有些没有受灾的村子，可以互相支援，来帮助你们，共产党员、青年团员、少先队员要带头，你们组织起来，办法一定会想出来。国家当然要支援你们。

"你们这个地区有30个公社、34万人受灾，现在已开进解放军2万多人，地方工作队和医疗队有1万多人，共3万人，10个人有1个人帮助，1人有困难大家帮，这是社会主义的中国……死了人当然要难过，但是不要低头。大家一定要团结起来，团结就是力量。"

周恩来还鼓励大家把劲鼓起来，用七八天的时间，把生活组织起来，过几天还要搞生产。

周恩来说："恢复了生产，恢复了力量，就对得起死了的人。"

周恩来高呼口号，大家跟着高呼：

奋发图强！自力更生！重建家园！发展生产！

最后，周恩来说：

这次地震，损失很大，要把它记录下来传给下代，下代再发生就会损失小，这样就对得起死了的，也对得起后代。重建家园后，我再来看你们。

讲完话，周恩来走进临时安置群众的窝棚里，慰问受伤者。

有的老人耳背，听不见周恩来说话，他就凑到老人的耳边跟他们说话。

遇到小孩，周恩来就抱起来看了又看，同时嘱咐家里人要照顾好孩子。

周恩来在灾区指导救灾时，余震仍然不断发生，随时都有险情。周恩来看望群众，所走的路旁边都是摇摇欲坠、裂了缝隙的房屋，十分危险。对此，周恩来却全然不顾。

看到周恩来连想都不想自己的安危，一个劲地向前走。群众担心总理，就在后边跟着，就在墙头前站起来，排成队，如果墙头掉下砖，砸不着总理，群众自动立了个人墙。

不仅如此，周恩来还总是走进将要倒塌的房屋里，察看一下地震所造成的损害程度。周围的同志都为他捏了一把汗。

周恩来还亲自下到群众临时居住的地窖子里，仔细察看，反复问道："冷不冷？潮不潮？"

周恩来嘱咐住在这里的群众，要在窖子口外边挖个排水沟，防止下雨时向里灌水。

周恩来边察看情况，边向随行的当地干部和驻军首长作出指示，要他们尽快落实。

周恩来在村里碰上军属于小俊，就上前问她家里的情况。

于小俊说："俺8个孩子死了4个，孩子他爹在那屋里性命不保，俺这咋过啊？"

于小俊一边说一边哭，周恩来静静地听着，也难过得掉泪了。

这时候，于小俊给总理跪下了。周恩来把她扶起来，劝她别着急，有国家慢慢啥都会好起来。

周恩来指示当地基层干部，要好好帮助她家。

于小俊感动得热泪盈眶，她连忙对周恩来说："我们可真好，有毛主席的关怀，有国家的支援，我们一定好好干。"

周恩来为一个普通农妇的不幸遭遇潸然泪下，这真挚的情怀，感动了在场的所有人。

周恩来到白家寨时，已是 14 时，这天中午，周恩来饭也没吃。在白家寨视察完，周恩来在帐篷里休息了一会儿。

有人拿来一个大黑碗，在水桶里盛了一碗水，递给周恩来，周恩来接过来，一饮而尽。

太阳快落山了，周恩来才乘直升机离开白家寨。

周恩来亲赴灾区

周恩来安排救灾工作

1966 年 3 月 10 日晚上，在石家庄地区招待处的白楼里，灯光明亮。

这儿是周恩来工作休息的地方。在这里，周恩来接见了参加邢台抗震救灾的党政军各方面的负责同志，听取了他们的汇报，并对抗震救灾作了部署。

周恩来对救灾工作安排得很周到、具体。周恩来提出紧急救灾工作要首先空投熟食，然后空投粮食，再空投炊具。

周恩来还打电话给国务院，安排向灾区调运粮食。

周恩来对石家庄地市负责同志说："你们要全力以赴，组织烙饼。"

周恩来当面指示四航校执行空投任务，并提出粮食用运输机空投，装得多，不怕损坏，炊具怕损坏，用直升机空投。

周恩来还对地震科学研究工作作了重要指示。

周恩来说：

> 这次地震，代价极大，必须找出规律，总结出经验。

周恩来在广泛听取了灾区党政军负责人的灾情汇报和救灾工作汇报后，现场制定了"自力更生，奋发图强，发展生产，重建家园"的抗震救灾工作方针，并对抗震救灾工作作出了全面安排和部署。

　　周恩来在指导邢台抗震救灾过程中，更多的是关注人民的长远利益和安全问题。

　　周恩来多次强调，对于自然灾害，不管是天上来的气候，还是地下来的地动，只要有准备，就有办法对付。我们派来很多人研究地震规律，地震怎样对付，我们积累了不少经验……

　　邢台地震后，周恩来十分重视灾区人民生命财产的抢救工作，并就此多次作出具体的指示。

　　周恩来要求，凡是在地震中死亡的，一定要按照当地的风俗习惯处理好后事；对于受伤者，一定要尽全力治疗，直到治好为止。

　　周恩来还要求到灾区救治伤员的医疗工作者一定要以全心全意为人民服务的精神，尽最大努力为伤员治伤。

　　周恩来还亲自布置，从北京、石家庄、天津等地，迅速调来大批医务工作者，参加受伤社员的治疗工作。

　　尽管当时社员们家里并不富裕，在今天看来，他们被埋压在废墟中的财产不值多少钱，但周恩来对社员们的这点儿财产却十分重视。

　　周恩来对陪同在身边的军队干部和当地干部说，一定要想办法，把社员们这些被埋在废墟里的财产挖出来，损坏的，要给他们修理好，以便继续使用。

周恩来说，群众家里不宽裕，遭到地震后，受到的损失很大。我们有责任帮助他们减少损失。

周恩来还特别重视农具的抢救和修理工作。他说，地震后，我们仍然要发展生产。农具是社员们的生产工具，要把受到损坏的农具尽快修理好，让农民们在发展生产、重建家园时使用。

对于到灾区救援的人员的安排，周恩来考虑得也很周到。他强调，到现场来救灾的人，要和灾区群众很好地配合，要解决大家的吃饭问题、防火问题。

要把压在地下的东西很好地挖出来，能用的要继续用。要广泛宣传，稳定人心。要搭棚，不要在房子里住，防止房屋再倒塌。

周恩来还特别注意防止灾后疫病流行的工作。他亲自打电话给卫生部长，要求卫生部召开会议，研究灾区可能发生的各种传染病，并采取防治措施。周恩来还亲自点名让几个有名的防疫专家去邢台。

三、 军民抢险救灾

● 这时房顶正在慢慢下塌，墙壁正在缓缓裂倒，孩子马上就有被砸死的危险。

● 薛书印让妻子赶忙挖母亲和家中其他人，自己却迅速跑出去组织已脱险的群众抢救别人。

● 身边没有吸痰器，赵树帧毫不迟疑地将听诊器上的橡皮取下来，插入伤员的嗓子眼，用嘴对着吸起来。

解放军紧急奔赴灾区

1966 年 3 月 8 日这天，一辆辆军用汽车在通往邢台的路面上行驶着。

这天，灾区气温最低达零下 8 度，坐在快速开进的汽车上的解放军官兵本已是很冷了，但战士们还是嫌慢，一再催促司机开快点。

战士们说："灾区人民的困难，就是我们的困难，早到一分钟，就能多救活几个灾区群众。"

大规模调动部队参加邢台抗震救灾，是党中央、国务院的英明决策，也是我国抗震救灾史上的先例。

灾情就是命令，时间就是生命，救灾部队接到命令后，快速反应，快速集结，快速开进，快速投入抗震抢险战斗。

在抗震救灾战斗中，解放军牢记人民军队的宗旨，发扬一不怕苦、二不怕死、连续作战、敢打硬拼的革命精神，充分发挥了救灾主力军的作用。

参加救灾的部队主要由北京军区驻冀部队和河北省军区所属部队组成。不仅有陆军、空军、海军，还有炮兵、通信兵，总人数达 4 万余人。

救灾部队主要分布在邢台、衡水、石家庄、邯郸 4 个地区，25 个县境内。其中，邢台地区 3 个县，石家庄地区 6 个县，衡水和邯郸地区各 3 个县。

投入到邢台的救灾部队大部分集中在重灾区隆尧、宁晋、巨鹿县内。

根据抗震救灾前线指挥部的部署，营、团包公社，连、排包村，实行专人负责，互相配合，协同作战，大大提高了救灾效率。

为了配合抗震救灾工作，部队还出动汽车 1700 多辆，飞机 84 架，飞行 369 架次。

参加救灾的第一支部队为当地驻军，在震后 3 小时内就赶到重灾区投入行动。

六十三军副军长徐信率领的先遣部队，于 8 日上午赶到重灾区隆尧。随即建立了前线指挥部，统一调动指挥部队救灾。

其他救灾部队也都相继于 8 日下午、晚上陆续开赴灾区，投入到紧张的抗震救灾之中。

3 月 22 日，邢台第二次大震后，救灾指挥部又向灾区增调了救灾部队。

紧急抢救群众生命、抢救被废墟压埋的群众，是减少伤亡的关键。

一到灾区，官兵们就扔下背包冲进了村子里，许多干部、战士高呼："乡亲们不要怕，毛主席派我们救你们来了。"

一些群众看到解放军亲人赶到，也激动地高呼："共产党万岁！毛主席万岁！"

在紧急抢救的战斗中，有的战士两天两夜没合眼，一天只吃一顿饭，在零下 8 度的霜雪之夜，露宿街头。不少干部战士手脚裂口，指甲磨破，仍坚持昼夜奋战。

大震后第二天，巨鹿县何家寨村农民李大娘 7 岁的孙子李国良正在屋里取东西，忽然发生了一次强余震，房顶塌落一块，把李国良压在里面，李大娘也被砸伤，她挣扎着爬出来，哭喊着救人。

这时房顶正在慢慢下塌，墙壁正在缓缓裂倒，孩子马上就有被砸死的危险。

在这千钧一发之际，解放军某师九连战士孙克泽闻声赶到，立即冲进屋里去救人，他把孩子扒出后，抱着孩子刚出来，这座房子就全倒了，孙克泽被砸伤。

这时，孩子几乎快断气了，孙克泽又不顾自己的伤痛，给孩子做人工呼吸，使孩子慢慢苏醒过来。

李大娘为了表示对解放军的感激，就把李国良改名为李军救。

挖掘尸体和物资时没有工具，有的战士就用手扒，手上扎了许多刺，鲜血直流，仍坚持抢救。

在掩埋尸体时，战士们细心地擦去死者脸上的血污、灰尘和身上的粪便，给他们穿好衣服，把他们干干净净地装进棺材，加以掩埋。

某团四连班长赵西昌，平时胆小，从不敢看死人。到达灾区后，他带领的这个班主要负责掩埋尸体，这个任务对他来说可是一次重大的考验。

小赵经受住了这次考验，对灾区群众强烈的感情，战胜了他胆小恐惧的心理。

第一天掩埋了四具尸体，小赵手上、身上都沾满了血，他连续 24 小时没吃没喝，始终坚持工作。

救灾部队还协助医疗队，向石家庄、邢台、邯郸市转运伤员。

转运伤员的主要困难是缺少医疗和护理器材。为了争取抢运时间，在转运伤员时，解放军卫生员背着伤员上汽车，用担架将伤员抬上飞机，还有不少军医在运送伤员的飞机上、汽车上、火车上，用手绢给病人接大便，用茶缸给病人接小便或当痰盂。

有的军人把自己的大衣让给伤员盖，把自己的干粮让给伤员吃，给病人端水送饭、倒屎倒尿。有的空军飞行员把氧气让给伤病员用。

一〇四野战医院军医郭恩华，一次护送 4 个伤员转院，连续 40 多小时没休息，一昼夜没吃饭。

中途一位脑外伤处于昏迷的重伤员病危，呼吸道堵塞，随时有窒息的危险。

当时没有吸痰器，郭恩华立刻拔下听诊器胶管，插入伤员口中，口对口地吸出黏痰，先后吸了 5 次，终于使患者呼吸道畅通，转危为安，将伤员安全地送到了石家庄。

某部战士运送伤员，途中遇到震坏的桥梁受阻，他们立即跳入冰冷的水流中，用头顶肩扛，将伤员抬过河去。

某部工兵一连战士为了抢修通往灾区的一座大桥，不顾天气寒冷，毅然跳入水中，连续奋战一昼夜，终于将大桥抢修好，保证了救灾运输线的畅通。

解放军派出的 1000 多辆救灾汽车，日夜奔跑在邢台地震灾区的运输线上，不停地运送伤员和救灾物资。

某师卫生科司机长李玉堂连续开车 3 昼夜没休息。在救灾中，通信兵做到了部队到、电话通。

某团架线兵 14 分钟架线 1.5 公里，超过了平时训练的最高纪录，通信连战士同勇生昼夜架线，连续奔跑 50 公里，途中晕倒 3 次，仍坚持工作，不肯休息。

集中力量保护和抢救国家、集体财产，是救灾部队的一项重要任务。

宁晋县刘路村粮食仓库被震坏，一部分倒塌，一部分仓库出现严重裂痕，随时有倒塌的危险。

为了抢救国家的粮食，炮兵部队某团指挥连冒着频繁的余震危险，奋不顾身地冲进粮食局仓库内，连续苦战 9 小时，将 5 万公斤粮食抢运出来。

某团二营长刘福海带领 6 名干部从倒塌的商店中抢救出价值 10 万元的物资。

工作队员奋力抢救群众

一位看上去有些瘦弱的女青年忍着疼痛，在一处简易棚里照顾受伤的儿童。

女青年是天津工学院学生纪枫，她作为下乡工作队成员住在隆尧县千户营。

3月8日地震中，纪枫被砸伤，但她仍顽强地坚持抢救群众，安置孤老儿童。

后来，纪枫终于支持不住，晕倒在了救灾现场。

经医生检查得知，她的骨盆骨折、耻骨劈裂。如此严重的伤情，还能抢救照顾别人，真是难以想象。

灾区群众被纪枫的精神所感动。当她被送回天津治疗时，乡亲们纷纷拥向街头，含泪为她送行。

地震前，省、地、县在邢台地区部署了约四五千人的下乡工作队。他们来自省直单位，天津市、邢台地区及各县的党政机关、大专院校、科研单位。

地震发生后，他们当中有些人在震灾中罹难身亡，大部分幸存者除了自己奋力抢救群众外，还积极协助基层组织开展救灾工作，发挥了重要作用。

驻梅庄工作队员李仁波，在地震发生的一刹那，为保护同屋的群众而被砸成重伤。他强忍着疼痛爬出去，又抢救其他遇难群众。

隆尧县申家庄工作队的 4 名同志脱险后，在队长的带领组织下，立即与脱险群众组成 3 个抢救小分队，抢救遇难群众，仅用两小时，就救出了全村 250 名被砸群众。

隆尧县林家庄工作队的下乡干部张正贵，在身负重伤的情况下，仍组织工作队和群众临时成立 5 个抢救小分队，抢救群众 200 多人。

灾区群众格外爱护下乡工作队员，在地震发生后，村民尽其所能救助工作队员。

巨鹿县小吕寨村刘香娥家的西屋住着河北农大的 3 名女大学生，她们来小吕寨是搞土壤改造试验的。地震时，3 名女学生全被砸到里边。

刘香娥在地震时侥幸脱险，但头部、腿部被砸伤。她首先想到去救女学生。铁锹、三齿等工具都被砸在废墟里，她只能用手去挖。

刘香娥边挖边喊："闺女，你们在哪儿啊？"刘香娥的手磨破了皮，鲜血直流，她也全然不知疼痛。

挖着挖着，刘香娥忽然听到瓦砾缝隙里传来了"大妈！大妈！我们在这里"的呼救声。

顺着呼声，刘香娥发现了 3 个女学生。只见一根大梁压在学生们身上，使她们脱不开身。

也不知从哪来的这么大的力气，刘香娥两手一用力，将大梁挪到一边，3 个女学生得救了。

村支委带头抢救村民

地震后，隆尧县马栏村党支部书记薛书印家的房屋全部倒塌，全家 9 口人全部被埋在废墟中。此时，薛书印神志清醒，他用尽平生力气，奋力从废墟中挣扎出来，随即挖出自己的妻子。

薛书印让妻子挖母亲和家中其他人，自己却迅速跑出去，组织已脱险的群众抢救别人。

薛书印边跑边喊："乡亲们！赶快就地挖人，不要乱跑，时间就是生命。"

薛书印每到一处，就指定一个脱险人员负责包片挖人。

民兵连长从倒塌的房子底下挣脱出来，没有先抢救抚养自己成人的兄嫂，而是组织民兵突击抢救其他人。连续救出 150 多名蒙难群众，从而为开展更大的抢救工作提供了人力保证。

副支书段成林被人救出后，他强忍着右腿骨折的剧烈疼痛，手拄木棍，一边指挥乡亲挖人，一边一条腿跪着又挖出多人。

共产党员赵路山，在地震中被砸成骨折重伤，他强忍伤痛，拄着木棍坚持抢救遇难群众 6 名。当骨折疼痛难忍、拄着木棍也难以支持时，他就爬着前进又抢救出 2

名群众。

抢险救灾中，无论是共产党员还是普通村民，都表现出以救人为己任，奋不顾身的精神。

巨鹿县崔寨大队共产党员于二东，地震前，他的肺病发作，正咯血。地震时，于二东家的房子全被震塌了，全家人均被砸在屋内。他被群众于桂芳、于根山等人抢救出来。他的头部和四肢被砸伤。

于二东在受伤、亲人震亡的情况下，不顾自己的伤痛和亲人死亡的悲伤，立即与群众分组挖出乡亲于有贵等多人。

于二东发现村党支部书记、大队长的伤势比自己严重，不能坚持正常工作，他就一面组织领导群众抢救伤病员、挖东西，一面组织安排群众的生活、搭棚修屋。

他手里拿着破橡子，光着脚，忍着伤痛，边走边喊边做组织动员工作。当时，崔家寨已有100多人逃到外面，他们在于二东的带领下，很快行动起来，奋力抢救，有的挖人，有的挖牲口。

由于抢救时用力过猛，于二东双手被磨得血肉模糊，疼得他几次昏倒，但他全然不顾，稍作包扎就又投入到新的抢救之中。

白家寨村党支部，面对全村房屋倒平，2000余名群众被砸，200多人死亡，200多名轻重伤员的场面，党支部班子不散，战斗力不减。

在7名支委6名被砸伤的情况下，他们积极组织指挥群众开展自救、互救工作，仅用 3 小时，就将全村被砸埋的死伤群众全部挖了出来。

隆尧县林家庄共产党员林灵巧，在全家人受伤、自己也多处受伤的情况下，从废墟中爬出后，立即组织党团员开展营救工作，使 40 多人脱险。

刚刚入党才 8 个小时的梅庄村 21 岁的女青年施平珍，地震时穿着裤头、光着脚跑出来。在寒冷的黎明中，她抢救群众 10 余名，等全村死伤群众都挖出后，她又投入到安置群众的行列，两天两夜没合眼。

共产党员的先锋模范作用在抗震救灾中得到了充分体现。正是有了这千千万万共产党员的模范作用，才使群众在大灾面前有了主心骨。

隆尧县西毛尔寨村村民杨明岗，在妻子、女儿都被砸的情况下，毫不犹豫地先去抢救住他家的 3 名天津医疗队的医生，然后再去救自己的亲人。可是，因耽误时间，女儿永远地离开了人世。

宁晋县耿庄桥的赵成江、大疙瘩村的张兴泰、陈家庄的刘志敏，都是带伤抢救其他群众和集体财产的。类似的先进典型在灾区数不胜数。

司书明是巨鹿县小吕寨村 5 年级学生。3 月 8 日这天强烈地震发生后，司书明脱险。当他看到倒塌的房屋，听到社员的呼唤时，心里非常紧张。

司书明正要转身救别人，母亲叫住他，要他到南街去看望嫂子。他没有听母亲的话，而是先去救社员司永印一家，他和别人救出司永印后，又救出了他的孩子。

司书明刚刚歇了一会儿，前面又发出了低微的呻吟声，原来是社员司长英在呼救。

司书明又奔过去，用力掀开一块石板，扒开瓦块，把司长英救出来。此时他已筋疲力尽，两眼直冒金星，手指和伤腿也疼得厉害，很想休息一下。

忽然，又有一个女孩的尖叫声刺痛了他的心，司书明忍着疼痛急忙跑过去，扒救出露出上身的司景棉，又与群众救出她的母亲王巧玲。

就这样，司书明拖着疲惫的身体和群众一起又先后救起社员李庆祥、王小花等人。之后，又帮助生产队抢救了牲口。

中午，全村抢救已结束，司书明才回到家中，听到妈妈在和嫂子唠叨他："咱书明多犟，早就让他看你，可他一直抢救别人，这么晚还没有见人回来。"

司书明的嫂子说："现在的年轻人都是这样，我也是被别人救出来的。"

在3月22日下午，两次地震中间，短短8分钟的抢救战斗里，出现了许多舍身救人、先公后私的英雄事迹。这是考验人们意志的8分钟。

有个被誉为"铁民兵"的民兵排，在地震发生时，个个冒着生命危险，逐户检查，从村里背出全部不能走动的老人和小孩，使全队没有一人伤亡。

女社员赵培英，在护送两位70多岁的老人转移时，又遭遇强烈地震，霎时墙倒屋塌。赵培英不顾个人安危，将老人搂住躺下，用自己的身子将两位老人护住。

小学教师傅廷印，地震时正在一间低矮的窝棚里上课。当棚顶被震塌的时候，他用肩膀顶住落下的屋梁，使 30 多名学生免受损伤。

正是这些勇敢的人，把地震灾害造成的伤亡降到了最低的程度。

医护人员全力救治伤员

解放军某医院的助产士朱玉兰，孩子刚刚满月。当灾情发生的时候，她正在爱人那里休产假，听说爱人所在的连队要去灾区救灾，朱玉兰坐不住了，她想："救灾首先要救人，我是医务人员，在人民需要的时候，应该贡献自己的最大力量。"

于是，朱玉兰主动跑到连部，找指导员请求任务。

指导员劝阻不了她的诚恳请求，只好答应了她的要求，朱玉兰随部队出发了。

天津市河东区医院的医务人员，听说有去灾区的任务，都争先恐后地报名。

党员同志还以全体党员的名义写了申请书，表示要到灾区去的决心。

"时间就是生命。"天津医学院附属医院外科副主任刘润田，在出发前 9 分钟才接到通知，为了不误上车，回家拿了一条毛巾就走了。

为了更好地完成这次抢救工作，许多医务人员互相鼓励：这正是学习白求恩的时候，这正是考验我们的时候。

许多年过花甲的老同志，下车穿上白大褂，马上投入战斗。到交通不方便的村落去，他们就甩掉身上的背

包，带上药械，轻装跑步前进。

李荣书是驻天津解放军第一〇四野战医院的一名护士，23岁。地震发生的第二天下午，李荣书同30余名工作人员，在副院长冉东川的带领下，乘车奔赴灾区。

次日2时，医疗队到达受灾最严重的隆尧县。大家不顾旅途疲劳，在部队首长的指挥下，放下行装，立即投入到抢险救灾工作中。

头几天，医疗队分组到附近各村进行排查，每到一地，都在房前屋后寻找伤员。

周恩来前往灾区视察慰问时，医疗队就在附近。

第四天，医疗队转移到宁晋县城西的一所学校里，建立起临时伤员集中救治基地，大家将伤员安置在教室里，把课桌合并起来当病床开展治疗。同时，开始搭建工作人员的帐篷，以便结束大家数日来背靠背的露营生活。

不幸的是，以宁晋为中心的邢台地区第二次大地震又突然袭来。

3月22日14时许，李荣书正在病房为一位骨折的老大娘打针，忽然听到一阵闷响从地下向上涌动，随即房屋开始晃动，第二次大地震发生了。

此次地震，给宁晋县造成了重大损失，绝大部分房屋倒塌。

当第二次地震来临时，李荣书顾不得个人安危，一边急忙招呼其他伤员赶快出去，一边背上这位老大娘逃离病房，接着又返回病房，抢救其他伤员。

室外的工作人员见状，也急忙冲进病房向外抢救伤员，使伤员脱离了危险。做病房的教室已成断墙残壁，无法再住，伤员住进了刚刚为工作人员搭建好的帐篷里。

宁晋再次地震之后，虽仍有余震，但情况逐渐稳定，救援人员陆续增加，急需的医疗设备、药品、衣被以及粮食等生活用品，从祖国的四面八方送来，使救灾有了丰富的物质保障。

医疗队抓住时机，对所在区域的约200余名伤员展开了手术、牵引、输液等系统的治疗工作。

在邢台地区巡回医疗的人民解放军某医院15位医务人员，本来已经完成任务，正要回去，忽然发生了地震，他们没来得及请示领导，又转道灾区。

赶到目的地时，天已经黑了，他们立即支起手术台，开始了紧张的抢救工作。

骨科主治医生叶映祥处理完最后一个伤员时，一个12岁的男孩子又被抬进来。

护送的人员恳切地对叶映祥医生说："无论如何也得治好他的手，他爹是饲养员，他是帮他爹抢救队上的牲口才被砸伤的！"

叶映祥赶忙把孩子放在手术台上，经过细致的检查，发现左手掌严重骨折，肌肉破裂。如果不赶快手术，就有感染截肢的危险。

可是，根据当时的条件，要把一只断了两根掌骨、软组织遭到完全破坏的小手缝合好，困难很大。

一股强烈的责任感使叶映祥忘记了疲劳，叶映祥拿起器械，立即沉着细致地对好骨骼，仔细地缝合被破坏的肌肉。

经过 4 个多小时的努力，手术终于获得成功，叶映祥的脸上露出笑容。

灾区人民公社的医生，一直坚守在工作岗位上，他们中有不少同志刚脱了险，就带上急救药品，投入抢救之中。隆尧县千户营乡地段医院副院长、共产党员马怀仁就是其中的一个。

3 月 8 日发生地震时，马怀仁正在医院值夜班，他的左脚被砸伤。马怀仁从医院南屋残破的房里出来以后，立即投入到本院的自救中。

医院的房子震倒了，农民的土坯房子还不知怎么样。救死扶伤的天职，促使马怀仁赶快组织所有医务人员带上急救药品，分头下村抢救群众。

马怀仁前往有 600 多户的枣驼村，马怀仁的家是千户营乡的连仲村，距枣驼村只有一公里，他完全有条件先回本村抢救亲人，这样做于情于理无可非议。

可是马怀仁骑上自行车，就往枣驼村急奔。一到村里，马怀仁提着药箱，奔这家，跑那家，给伤员包扎、打针。到 11 时，抢救了黄玉英、李平改、唐二木、李寄焕等重伤员。

社员曹银联腹部受伤，小便不通，疼得直打滚，急需导尿。在没有导尿管的情况下，马医生找来了一尺多长的塑料管代用，可是尿还是倒不出来。

病人痛苦的表情、家属乞求的目光，就像一道无声的命令。马医生毫不犹豫地用嘴一点一点地吸尿，病人的痛苦终于解除了，病人及其亲属无不感动。

在枣驼村的紧张抢救过程中，熟悉马医生的群众关切地问："马医生你家里怎么样，你也不回去看看？"他随话答话地说："没什么。"

14时多，连仲村的工作队员风风火火跑来，说："马医生，你赶快回连仲一趟吧，焦指导员不行了。"为了救治工作队的焦指导员，老马才回到村里。

马怀仁在给焦指导员打针时，他的小女儿静霞哭着来了。他立刻明白发生了什么事。

他回到自己家，一进家就看到瓦砾遍地，院中放着妻子、岳母的尸体，小女儿趴在她娘的尸体上放声大哭。驻村干部朱玉凤在劝慰小静霞。

马怀仁忍着内心的悲痛，拉起孩子，他带着愧疚的心情说："孩子，爹对不起你们，因为爹是医生，是党员，关键时候应先救群众。你大了，也懂事了，玉凤阿姨就是毛主席给咱派来的亲人。好孩子，有党和毛主席，什么也不怕。"

站在一旁的工作队员朱玉凤，把孩子紧紧地搂在怀里，禁不住落下泪来。

他又对朱玉凤说："我是名共产党员，应当在最困难的时候站在最前面。现在抢救工作很急，我不能在家久留，孩子请你替我照看一下。"

说罢，马怀仁医生就离开了家，又投入了紧张的抢救工作。

社员古海明受了伤，呼吸急促，脉搏跳动很快，血压下降，瞳孔缩小，处于昏迷状态。部队医生赵树帧细心给他检查，没有发现可疑症状。

后来，听到病人嗓子里发出"呼噜噜"的声音，原来黏痰堵住嗓子，不立即吸出来，就有被堵死的危险。

当时，身边没有吸痰器。赵树帧毫不迟疑地将听诊器上的橡皮取下来，插入伤员的嗓子眼，用嘴对着把痰吸出来。

病人的黏痰从赵树帧的嘴里吐出来，古海明才苏醒过来。

古海明的妻子感动得流着热泪说："你真是毛主席派来的好医生。"

社员王日生腹部受了伤，不能解大便，急得头上直冒汗。这时，医疗队赶到了。

石家庄市医疗队医生曹爱欣经过检查，发现是大便秘结。她先是按摩，效果不大。当时又没有其他器械。她想：器械是死的，人是活的。

曹爱欣把手消了消毒，就动手给伤员挖大便。

半小时过去了，又干又硬的粪便被挖了出来，病人的痛苦解除了。

王日生感激地说："医生，我可咋感谢你呀？"

社员王平发包扎后，要送到 12 公里外的一个地方上飞机。队员们和解放军一起，轮流抬担架。途中经过一条渠，渠上跳板只能经住一个人。

解放军战士刘进长、贺顺达、张竹春 3 位同志，不顾初春的严寒，果敢地跳到冰凉的水里。他们用 6 只粗壮的胳膊稳稳地支住跳板，让抬着的担架毫无颤动地走过去。

一个叫赵玉辉的女社员，腹部受伤，面色苍白。经过检查，发现是脾破裂，内出血，需要紧急输血。

张仁元、包广英、徐忠宝三位医务人员和伤员的血型相同，立即伸出了胳膊，把自己的鲜血输进了伤员的血管，赵玉辉终于得救了。

四、 中央心系灾区

● 李先念说：“我希望你们把勇气鼓起来，所有的干部、共产党员、共青团员带头，克服困难，把生产救灾搞得更好。”

● 当周恩来走下飞机后，3 时 19 分突然一声轰响，大地颤动起来，又有断墙残壁倒塌下来。

● 飞机刚起飞，大风又来了，天空又暗淡下来。群众说：“总理来了，风都避开了。”

中央领导人慰问灾区

1966 年 3 月 22 日，距第一次地震只有 14 天，人们尚未从地震的痛苦中挣脱出来，地球再次向这一方人民发难。

3 月 22 日 16 时 11 分 32 秒、19 分 46 秒连续发生了 6.7、7.2 级两次强烈地震。由于地震发生在白天，人们亲眼目睹和感受了这次灾难的过程。

这次地震发生前夕，大地发出呜呜的响声，接着犹如炸山放炮一样，嘭！嘭！嘭！几声巨响，大地开始剧烈抖动，人们站立不稳，只能趴在地上。

行驶中的汽车在剧烈的震动中不能前行，被迫停在路旁，正在田间耕作的骡马纷纷倒卧在地。

正在高处施工的人们一个个被甩到地上，房屋上下跳动，紧接着左右摇晃。

顷刻之间，极震区的房子全部倒塌，一个个村庄瞬间变为一个巨大的云团。

伴随着轰隆轰隆的响声，大地裂缝一张一合，黑洞洞深不见底，最宽时达 2 米左右，并喷沙冒黑水，达几丈高。

东汪村一棵大树，因处在裂缝带中心，地震发生的一刹那被裂缝吞噬，震后只见树梢夹在地缝中。

地震区的水井普遍向外喷水，有的持续达 4 至 6 个小时。河堤开裂，滏阳河几十座桥梁都拱起来了。道路错开，使交通一度中断。

地震发生后，灾区上空尘烟弥漫，呛得人们喘不过气来，人们的哭喊声、鸡鸣犬吠声，使灾区更加凄凉不堪。这次地震之强烈、之恐怖，使许多亲历者事隔几十年后再回忆起来都感到不寒而栗。

尽管这次地震强度更大，涉及的范围更广，但由于发生在白天，加之人们已有了防震意识，又采取了一些必要的防震措施，因而，共造成 533 人死亡，2503 人受伤；大牲畜死亡 64 头，受伤 141 头。与前一次相比，人员伤亡减少了。

这次地震发生第二天，以中共中央委员、内务部长曾山为团长的中央慰问团再次来到邢台震区，深入到宁晋县城关、四芝兰，新河县城关、冀县码头李、束鹿县南智邱慰问群众。

中央慰问团每到一处，社员们就把慰问团包围起来，自动形成一个全村社员大聚会。曾山部长详细了解当地的救灾情况，鼓励社员齐心协力，战胜自然灾害。

3 月 25 日，国务院副总理李先念，来到邢台地震灾区视察慰问。

25 日 10 时，李先念到达石家庄，他听取了灾区指挥部的汇报，并对灾区工作作了进一步的部署。

这天下午，李先念在河北省省长刘子厚陪同下，先后来到宁晋县城关、束鹿县南智邱看望灾区群众，并听取了宁晋县救灾汇报。

3月26日，李先念又先后到新河县寻寨、宁晋县耿庄桥、巨鹿县城关进行了视察和慰问。

李先念在新河县寻寨群众大会上讲："你们这个地区，经过了很多次灾荒、大涝、大旱，都被你们斗过来了，而且生产有很大的发展。

"这一次地震灾害，只要人还在，在总理指示的'自力更生，奋发图强，发展生产，重建家园'的方针指导下，加上国家适当的支援，在华北局、河北省委、省人委的领导下，我相信不要很长时间，问题就解决了。"

李先念说：

现在的问题呢？就是把群众动员起来，积极组织生产，就是像同志们讲的"家里丢了，积极从地里找回来"，这句话很好，只有这个办法，没有别的办法，悲观失望不能解决问题。只有鼓起勇气，在党的领导下，靠自己的两只手，我们的家园一定会很快建设起来，生产一定会很快地发展。

我希望你们把勇气鼓起来，所有的干部、共产党员、共青团员带头，克服困难，把生产救灾搞得更好。

这天，在河北省省长刘子厚、宁晋县委副书记王占元的陪同下，李先念再次到重灾区耿庄桥视察灾情，在第十二生产队社员张洪彬家里，他看到鞍子形简易房防震、防风、防雨、防寒效果较好，马上对王占元说，这种房子很好，可以多搞。

当晚，县抗震救灾指挥部召开会议，决定在全县推广建造鞍子形简易房。

地震发生后，中央各部委的领导：国务院秘书长周荣鑫、副秘书长杨放之，国家科委副主任于光远、武衡以及地质部部长李四光、副部长张同钰，华北局第一书记李雪峰，北京军区副司令员郑维山、滕海清、副政委刘跃民，军委工程兵司令员陈士榘等领导，先后到地震灾区视察、慰问，研究震后对策。

周恩来再次视察重灾区

1966 年 4 月 1 日早晨，当人们还没有睡醒的时候，周恩来米到石家庄，在小白楼接见了张英辉、蔡长元、徐信、郝田役、康修民、张屏东等负责同志，听取了他们的汇报。

宁晋、冀县、巨鹿、束鹿等县的一些村庄遭到极其严重的损失，群众情绪迅速低落下来。

为了安定群众情绪，鼓励灾区群众恢复生产、重建家园，周恩来再次来到震区指导工作。

当汇报到部队准备撤离时，周恩来表示：要把各方面的工作做好，撤离前要请示北京军区，要向省军区独立师交代好。

周恩来对康修民说："石家庄地区灾情不太严重，要很好地支援邢台。请你们查一查，石家庄历史地震的记载。"

周恩来听完汇报后，便查看地图，指着地图问在场的石家庄地委书记康修民，那些村庄离石家庄多远、有多少人口、有多少机井、有多少骡马。

康修民回答不出来，郝田役副省长笔记本上有些数字，替他回答，但仍然不能作出满意的答复，急得康修民满头大汗。

会后，康修民便连夜开会，收集数据和资料。很快就把材料送去，交给了周恩来的秘书。

根据周恩来的指示，救灾部队和石家庄地市查了县志，实地考察了古建筑，发现在获鹿县石井村一眼古水井旁，保存着一座地震纪念碑《重修大井碑记》："大明万历二十二年季春之日，地震而塌毁者矣，盖因屡岁荒旱，诸井早乾，士马往来而无人修整，食水于他乡来往数里。"上述情况立即向周恩来作了汇报。

周恩来说："先把它拍照下来，要把这口井和石碑作为历史文物保护起来。"周恩来的工作就是这样认真、细致、抓得这样具体，使在场的人深受感动。

周恩来当天早晨，从石家庄来到邢台地震重灾区，进行视察。一天之内，先后到宁晋县东汪镇、束鹿县王口乡、冀县码头李乡、宁晋县耿庄桥和巨鹿县何寨等5个村庄，进行视察和慰问。

4月1日上午，周恩来首先到宁晋县东汪镇视察。这天早晨，宁晋县委接到通知后，立即集合了5000多人，在东汪等候。

消息传开，许多群众自动赶来，很快汇集了1万多人。

10时，周恩来在副省长郝田役的陪同下，乘直升机来到东汪镇。

飞机降落在会场北边。周恩来走下飞机后，首先慰问了解放军，然后巡视东汪镇。

东汪镇是这次7.2级地震的中心，全镇房屋基本成为一片废墟。从镇东一眼可以看到镇西。

周恩来在村北寨墙上向群众讲了话。

周恩来说："地震是个自然灾害，是不是没办法对付它呢？不是的。你看，3月8日地震范围小，损失大。8号以后，天天有些小震动，22号大家提高了警惕，有了准备，损失就小了。

"第二次地震面积大，有邢台专区，有邯郸专区，有石家庄专区，有衡水专区。但因大家有了防备，房子倒了，伤亡很小。同一件事情，有了准备，就和没有准备不同。"

周恩来接着说："我们这里受灾多，1963年大水灾，倒房子不少，1964年沥涝，1965年又旱，现在旱情仍未解除，抗旱中又来了地震。当然受了灾有很多困难，但我们防备就好些。

"这一次，你们这里地震，比南边隆尧来得晚，所以损失就小。对自然灾害，不管是天上来的气候，地下来的地动，只要有准备，就有办法对付。

"我们派来很多人，研究地震规律，地震怎样对付，我们积累了不少经验。你们这个专区，周围其他专区的经验，就使河北省有了预防地震的办法。"

周恩来还说："救灾主要靠自己，国家要帮助。10号我到白家寨，他们提出首先靠自己。自力更生，大家帮助。国家是大家的，要依靠大家的力量搞好。我们是新中国的人民，是社会主义的农民，是有志气的。

"现在恢复生产要靠大家。过去我说的四句话，需要颠倒，现在看来要先搞生产，再搞建设，大家说的'家里丢了，从地里拿回来'，这是毛主席思想。"

周恩来说："麦子返青了，地该种了，干部要带头，党团员要带头，贫下中农要带头，把生产搞好。特别是党的支部，要带头把生产搞好。我说的四句话应改为：自力更生，奋发图强，发展生产，重建家园。把生产搞好了，家园就会建设得更好。你们说对不对？"

这时群众高呼："对！"

周恩来最后说："我代表党中央、毛主席来慰问你们。灾情越大，干劲越大，你们东汪公社要做宁晋县的模范公社。"

周恩来讲话以后，宁晋县县委书记赵安芳表示了决心："房倒志不倒，地动心不移。"

周恩来说："讲得好。"

会后，周恩来在赵安芳的陪同下，访问了受灾群众，看望了野战医院的伤病员，详细询问了受灾情况。

在伤员帐篷里，周恩来蹲在地铺前，握住一位伤病员的手，仔细询问了伤情。然后和每个伤员都一一握手，并嘱咐大家好好养伤，早日恢复健康。

赵安芳说："总理啊，宁晋损失很大，你要多支援我们啊。"

周恩来说："你要相信群众嘛！"

周恩来在东汪喝了一碗水。东汪群众把这只碗一直保留着，在周恩来逝世一周年时，这只碗还拿出来在群众中传看。

结束在东汪的慰问后，周恩来乘直升机向石家庄地区束鹿县王口村飞去，视察王口村。

4月1日上午，石家庄地区束鹿县王口乡和郭西乡的农民，听说周恩来要来视察，就从四面八方涌到王口村广场上。

广场上红旗招展，3500多人坐得整整齐齐。他们举着"欢迎中央慰问团""感谢毛主席的关怀""感谢周总理的关怀""奋发图强，自力更生，重建家园，发展生产"的标语牌，等候亲人到来。

11时20分，直升机在广场附近降落。

周恩来从机舱内走出，顿时，人群中欢呼声、鼓掌声响成一片。周恩来和前来迎接的代表一一握手问候，然后来到广场，向群众讲了话。

周恩来说："你们这个地方是束鹿的最南边，东汪镇离你们不远，换了专区，换了县，你们这次损失大，房屋倒得多，但你们有了准备。虽然倒的房子多，但人畜伤亡少，这说明不论做什么事，凡是有准备就好，预先能想到就好一些。"

周恩来还说："我代表毛主席来慰问你们，更重要的是鼓舞你们。你们回去，还要对没有来的人讲，困难越大，干劲越大。石家庄专区是河北省尖子专区，东边是衡水，南边是邢台，你们在束鹿县的南边，要带头嘛，要在周围的公社中起模范作用，搞得更好。"

周恩来鼓励大家要"自力更生，奋发图强，发展生产，重建家园"。

结束讲话后，周恩来到王口村向没有参加集会的老年人逐户进行了慰问，并视察了每户的住处。周恩来对他们说："地窖也要通风透光，尽量避免潮湿。"

当周恩来访问到刘永远的地窖时，他问："家里的粮食和东西都挖出来了没有？"

刘永远说："有解放军和工作队的帮助，都挖出来了。"

周恩来又问："你们今年的小麦长得好吗？"

刘说："长得好，我们家里丢了，要从地里找回来，靠我们的双手，坚决搞好生产，重建家园。"

周恩来说："好哇，这是农民的话。"

在回来的路上，周恩来和当地干部进行了交谈，询问了生产情况，抗旱情况，牲口和农具够用不够用，有没有机械修配厂，有多少眼机井，机井有多深，能浇多少地，有没有五年规划。

周恩来看到村中堆放着大批救灾物资时，他说："这些东西要使用合理，根据需要安排。"

周恩来还问到群众有没有其他疾病，一再嘱咐在这里救灾的人民解放军和医疗队，要好好为人民服务，把所有的疾病都除治掉。

12时30分，周恩来告别群众，登上飞机，向衡水地区冀县码头李村飞去。1966年4月1日中午，周恩来来到衡水地区冀县码头李村以后，首先和这里几位基层干部进行了座谈，详细询问了这次地震的灾情和各村的生产情况，然后在群众大会上讲了话。

周恩来说：

上次，到隆尧县去，那里灾大，房子倒了，人死得多，但是，大家的生产劲头很足，人们的意志不衰。宁晋、束鹿，也是如此，干劲都挺足。你们是衡水专区冀县的人民，相信你们，天上灾、地下灾都能战胜。天上的灾，我们不怕；地下的灾，我们不怕。这样才是天不怕、地不怕的伟大的中国人民。

周恩来特别提到生产，他说：

现在快到清明了，播种季节到了，麦苗返青了，生产忙了，要抓紧抗旱、保墒、浇麦、春播。先搞生产，把盖房子放慢一步。先搞窝棚，要搞牢固一些，长期准备。恢复房子，怎样防震，还没研究好。

要把口号倒一下：自力更生，奋发图强，发展生产，重建家园，自力更生，主要靠自己，奋发图强，要志气不衰。大家不是正在学习焦裕禄、学习王杰、学习麦贤得吗？就是要有他们的志气，奋发图强，把国家建设好。

首先发展生产，赶季节，不误农时。先发展生产，后重建家园。

结束在码头李村的视察和慰问以后，周恩来走上飞机，又向宁晋县飞去，视察耿庄桥。

1966 年 4 月 1 日 15 时，周恩来乘直升机，从冀县码头李村，来到宁晋县耿庄桥，进行视察和慰问。

当周恩来走下飞机后，15 时 19 分突然一声轰响，大地颤动起来，又有断墙残壁倒塌下来，原来是一次 4 级余震发生了。

当时刮起了大风，天气特别寒冷，周恩来在村南的一辆卡车上向群众讲了话。

周恩来说："房子倒了是要盖的，砖瓦要烧，但不是几天就盖起来的，盖什么样的牢固，什么样防震，要研究研究。春播季节到了，现在不是快到清明了嘛，你们不要误了农时，只有生产发展了才能重建家园……生产要靠集体力量，盖房子也要靠集体力量，国家支持你们，因为地震面积很大，所以要一步一步地搞。解放军不能长住这里，但他们要留一部分帮助你们把生产搞好，所以再大的困难也是能够克服的。"

"你们要家里丢了地里拿回来。这次来看你们就是鼓舞你们好好生产，重建家园。"

会后，周恩来在耿庄桥视察了中国科学院地震考察队。当时考察队几乎每人都有照相机，都对着总理拍照。

周恩来说："我又不是外国人，还用这么多照相机拍照？还是留着胶卷考察地震用吧。"

在这里，周恩来看望了地震科技人员，参观了中国科学院地球物理研究所架设在耿庄桥的地震仪器，询问了工作情况，并对他们说：

必须加强预测研究，做到准确及时。

周恩来叮嘱道："地面考察已经进行了一段时期，注意不要增加地方上的负担。仪器观测人员需要留下，有的地方还要加强，增加人，增加仪器……特别是青年人要大胆设想，但不要过早地下结论……关于重建家园的问题，你们的意见，你们的想法，要征求群众的意见，征求群众的同意，经过支部、大队同意以后再办。"

周恩来对科技大学地震专业的同学说："希望在你们这一代能解决地震预报问题。"

周恩来听说考察队员段宝娣手指受伤，便特意看望了她。周恩来嘱咐她天气冷要注意，又问她哪个学校毕业，多大年龄。

周恩来离开地震考察队以后，又登上直升机，向巨鹿县何寨飞去。在飞机上，周恩来还指着自己的手指，示意段宝娣注意。

4月1日上午，周恩来要来巨鹿县何寨视察的消息传遍了整个巨鹿县。

县委预先通知全县支部书记以上干部和地县工作队，以及参加救灾的解放军，共5000多人，在何寨村南设会场，这里地方高、宽阔、降落飞机方便。

他们预先搭了个棚，准备让周总理在这里接见公社以上干部。

消息传开后，广大群众精神振奋，附近各村的群众都自动走来，很快汇集了1万多人，在会场等候亲人的到来。

原计划12时到，结果来晚了。这天天气不好，天空乌云密布，狂风大作，使人睁不开眼睛。但是风再大，谁也不动，大家都安静地在那里等候周总理。

17时，周恩来乘坐的直升机在巨鹿县何寨上空出现了，离会场约200米，飞机徐徐降落下来。

这时风突然停了，太阳从云雾中出来，照耀着大地，何寨上空晴朗无云。

周恩来向人们招手致意，河北省军区政治部副主任黄建民和巨鹿县县委书记张玉美走上前去，把总理迎接到棚子里头。

周恩来问了问群众情绪，听了张玉美的汇报。

张玉美说："大家知道你要来，在这里等了半天了。"

周恩来说："那好，先见见群众。"

会场坐南朝北，用两部汽车连起来当主席台，周恩来在万人大会上讲了话。

周恩来说："你们是巨鹿县的何寨，3 月 8 日那次地震，你们这里受损失很大，我们来晚了。

"现在我代表党中央、毛主席和国务院来看望你们，慰问你们。同志们，你们上一次地震巨鹿县 6 个公社受到很大损失，付了代价，取得了经验。

"因此，你们在第二次地震，面积扩大了 10 多个公社，可是损失小了。房子虽然倒了、塌了，可是人救了，牲口救了，跟头一次比面积大了，人死伤少了。为什么？因为第一次取得了经验嘛，付了代价嘛。所以第一次巨鹿县 6 个公社，为全巨鹿县，也是为邢台专区，也是为河北省取得了经验。

"所以，我们首先要对于受害的那些烈士纪念他们，受害的家属，我们来慰问你们。因为你们付出了代价，这个代价不仅为我们今天的人民得到了教训，得到了经验，是为了我们后代，也要给他们留下经验，这个经验，应该谢谢那些受伤的、死难的同志。这种经验不是一下子就取得的，总要付代价的。"

周恩来接着勉励大家抓紧时间播种、生产并要求大家互济互救，集体来互救，重建家园。

周恩来讲话时，声音洪亮，整个会场都能听到。

会后，周恩来到棚子里坐了坐，在这里周恩来接见了作曲家李劫夫和词作家洪源。

邢台地震后，李劫夫等从东北来到地震现场，体验生活，编写了 20 多首抗震救灾歌曲，在现场亲自教给群众唱。

周恩来对他们的工作给予肯定和鼓励。

在这里，周恩来还接见了前来参加会议的支部书记和英模人物，然后和大家告别。周恩来走上飞机。

飞机刚起飞，大风又来了，天空又暗淡下来。群众说："总理来了，风都避开了。"

就在周恩来离开何寨 2 小时以后，21 时 16 分，大地又猛烈地晃动起来，邢台震区又发生了一次 4.5 级的中强余震。

救灾部队组织宣传队

1966年4月1日，天快黑了，周恩来连续视察了5个村庄之后，在蔡长元和李际泰等同志陪同下，乘直升机来到邢台市救灾部队某师驻地视察。

周恩来到邢台后，分别听取了党政军各方面的汇报，汇报进行3个小时以后，周恩来桌上原先倒的那碗水早已凉了，公务员又给周恩来倒了一碗水。

周恩来说："有一碗水为什么还要倒一碗水，浪费！"

阎同茂师长请总理在这里吃晚饭，周恩来说："好，但不要另做，战士吃什么我吃什么。两个馒头大锅菜就可以了，越简单越好。"

阎师长安排炊事员杀了一只鸡给周恩来吃，周恩来得知后当场批评了他。

周恩来的秘书周家鼎对阎师长说："总理从来生活俭朴，饮食简单。吃面条、烙饼、大葱就行了，如果做点菠菜、豆腐，总理就高兴了。"

这天，周恩来直到22时多才吃晚饭，吃的是菠菜、豆腐和面条。

部队的工作人员要给周恩来盛面条，周恩来忙接过碗说："来，我自己盛。"

饭后，周恩来硬要交粮票和菜金。

周恩来一心牵挂灾区，他问蔡长元："救灾下一步怎么做？"

蔡长元答："还没考虑好。"

周恩来对阎同茂说："要组织宣传队。解放军都要宣传毛泽东思想。你们这个部队，要用一个月的时间，对邢台地区普遍宣传一次，村村走到，不留死角。当好毛泽东思想的宣传队、播种机，用毛泽东思想武装人民群众的头脑，扎下毛泽东思想的根子。

"军队为人民，人民就为军队，军队帮助人民打敌人，将来人民就会帮助军队，这是很好的教育机会，对人民做宣传，对自己也是个教育。灾区要赶快恢复生产，在宣传中要注意帮助群众春耕春播。"

这天晚上，周恩来在邢台还听取了刘子厚省长的工作汇报。直到 24 时，周恩来才离开邢台。在刘子厚省长的陪同下，周恩来的专列又向邯郸驶去。

邢台地区 7.2 级地震发生后，地震活动有向南北两头迁移的趋势。根据震情的发展，邯郸地区有发生大震的可能，周恩来十分关心那里人民的生命安全。

1966 年 4 月 2 日，周恩来乘专列到达邯郸，视察了邯郸钢铁厂、马头铁厂、邯郸第一棉纺织厂。

4 月 3 日，周恩来赴大名视察，听取了县委和县政府领导的工作汇报，并重点考察了杨桥乡前桑园村。

周恩来十分关心那里的农业生产，详细了解了抗旱、管麦、保苗工作。

当天，周恩来到魏县漳河村视察水利建设，并赠漳河村"粉子大红穗"优质高粱种20公斤。

4月4日，周恩来视察成安县西南庄村，还到井台观看并操作了"猴爬杆"打井。

同日，周恩来又到临漳视察，听取县委及有关部门的汇报，并到南岗村和后赵但寨村听取了汇报，然后周恩来又到田间、机井旁视察。

4月5日，周恩来赴磁县视察，在岳城水库听取了岳城水库工程局负责人的汇报。周恩来对农业、水利工程和地震工作作了指示。

这天晚上，周恩来从邯郸返京途中，专列到邢台火车站停了下来，通知邢台驻军师长阎同茂，立刻到火车上汇报。

因为事先没有通知，师长和政委这天晚上都不在邢台，副政委吴寿安到火车上向周恩来作了汇报。

当周恩来得知这个师已组成万人宣传队，在邢台各县已全面开展宣传活动时，很高兴。

周恩来说："你们行动很快，执行命令坚决，真是个好部队。"

4月5日周恩来从邯郸返京途中，24时，周恩来的专列在石家庄火车站停了下来。在火车上，周恩来接见了蔡长元和河北省军区副司令袁捷等负责同志。

蔡长元向周恩来汇报了万人宣传队的组织情况和活动内容。

周恩来说："你们以一个师为主组织万人宣传队，这很不错。地震可能快过去了，要发个解除警报。一定要把生产搞好，要搞成龙配套，解决水的问题，组织抗旱。"

救灾部队接受组织宣传队的任务后，以某师为主，出动了66个连队、163辆汽车，携带44部电台、15部电影机，分7路于4月4日出发，同河北省军区部队，共同组成了万人宣传队，分别奔赴邢台地区所有城镇村庄。

宣传队员们向群众宣传党和国家对灾区人民的关怀，宣传社会主义制度的优越性，宣传自力更生、奋发图强、发展生产、重建家园的抗震救灾方针，宣传学习焦裕禄、王杰等人的先进事迹。

同时，宣传队员们向灾区群众讲解地震知识，破除迷信，平息地震谣言，鼓舞斗志，安定情绪。

部队边宣传边救灾，每到一处立即帮助群众春耕播种。

到5月10日，历时一个月，宣传队走遍了邢台地区17个县市的32个乡镇、4720个村镇，宣传群众390万人次。通过抗震救灾的宣传，振奋了灾区人民自力更生的精神。

受灾初期，灾区干部群众普遍存在悲观情绪，对恢复生产缺乏信心，消极等待和依靠国家救济。

经过宣传队宣传后，灾区人民在失望中看到了希望，在困难中看到了光明，提高了勇气，增强了信心。一些曾不想活下去的人挺起了腰杆，一些惊恐不安、束手无策的人振作起来了，他们的脸上不再愁容满面。

经过 27 个昼夜的连续作战，救灾部队在圆满完成了抢救阶段的任务之后，根据救灾指挥部的部署，除留下部分部队继续帮助灾区恢复重建外，大部分救灾部队于 4 月 5 日撤离灾区。

周恩来关心灾后重建

1966 年 3、4 月，北京中南海的灯光彻夜通明。通往邢台地震灾区的电话，一个接一个地传到救灾指挥部。

从邢台地震现场回京后，周恩来还时刻想着灾区人民，曾两次派国务院秘书长周荣鑫同志到邢台地震现场调查研究，听取地方政府和救灾部队的汇报。

周荣鑫对宁晋县县委书记赵安芳同志说："总理不放心，让我来了解情况，看你们这里还有什么问题，我好回去向总理汇报。"

大震发生后，从隆尧地震救灾指挥部到国务院建立了直通专线电话，每天与国务院秘书长保持联系，这条专线把中南海和邢台人民紧密地联系在一起。

秘书们始终守在电话机旁，详细记录着来自邢台地震灾区的各种情报和信息，又频繁地将总理的指示传达下去。在这里，周恩来多次召集国务院各部委的负责同志，研究邢台地震的各项应急对策。

夜深了，周恩来还在办公室里批阅文件，不分白天和黑夜，随时听取邢台灾区的震情汇报和救灾工作汇报。逐县逐村地部署救灾工作和地震科学考察，听取各部委的汇报，询问情况，逐项落实抗震救灾措施。

周恩来还特别注意防止灾后疫病流行的工作。他要求卫生部召开会议，研究灾区可能发生的各种传染病，并采取防治措施。卫生部按照周恩来的指示很快就行动起来，不仅制订了防止疫病流行的方案，还派出专门人员去灾区指导防疫工作。

国务院文教办于 3 月 29 日上午，召集教育、高教、文化 3 个部，对此问题专门进行了研究。教育部还派出一个工作组去震区现场了解情况。军委总后勤部设立了卫生防疫办公室，负责研究震区防疫问题和震区有无放射性等有害物质。

周恩来特别关心的是在灾后重建家园中，要给群众建筑能够防震的房子，保证群众以后的安全。他派人到物资调拨现场，去察看建筑材料的质量。

周恩来指示地震救灾指挥部进行调研，掌握第一手材料。然后，他亲自出面，要求中央和国务院各部委迅速行动起来，到灾区去指导重建工作。

在周恩来作出指示后，由国家建委、高教部和北京市人委，组织建筑工程学院学习建筑工程的学生前往灾区，对灾区的房屋进行实地勘察，总结经验，研究设计抗震的房屋。

中国人民解放军总后勤部、国防工办都召开了紧急会议作了传达。各部门分别派工作组到震区，对工厂建筑物进行检查。

3 月 29 日下午，国务院工交办公室召集工交各部门开会，进行传达。并由各部门分别对所属厂矿进行检查。

水电部迅速组织技术力量，对水利设施进行了检查，并于 3 月 31 日以前，把震区的大小水库和主要堤防全部检查完毕。

国家建委成立了震区房屋修复小组，由清华大学、北京工业设计院、北京建筑设计院等 7 个单位，派出设计人员 500 人，去灾区调查房屋倒塌损坏等详细情况。

邢台地震后，余震不断。有人推测还会发生大地震。

周恩来对此十分重视。周恩来指示，现在要加强地震预报工作，同时要注意总结群众的经验，加强统一领导。

当周恩来得知地震预报人员不足时，便立即指示，把下去的 40 余名地球物理专业的学生调回来，全部到震区去参加观测工作。

一些在校的地球物理专业的学生，也暂时中断了学习，到邢台震区去参加观测工作。

周恩来认为，对于地震专家和学生来说，这是结合实践最好的学习机会，而这样做，对于地震灾区人民来说，又是负责任的。

同时，去的专业工作者还可以宣传科学知识，教会当地人防震知识，又可消除当地部分民众的封建迷信思想。

事实证明，周恩来的这一决策是正确的。专家和地震专业的学生们的到来，对于预报邢台的余震情况、组织民众今后防震、破除迷信思想，都起到了重要作用。

周恩来为邢台灾区人民忘我工作的精神，教育鼓舞着邢台人民。总理为邢台人民日夜操劳的感人事迹，坚定了灾区人民战胜困难的信心和勇气，周恩来那谦虚谨慎、平易近人、忘我工作的形象，永远印在邢台人民心里。

当年邢台人民编出充满无限深情的歌谣，一直在邢台人民中间传唱。"阳春三月桃花开，周总理三到邢台来。"

周恩来提出的自力更生、奋发图强、发展生产、重建家园的抗震救灾方针，成为激励邢台人民前进的巨大力量。

周恩来指导进行地震科学研究

周恩来在邢台灾区视察并亲自领导抗震救灾的过程中，一路上多次和当地干部和参加抗震救灾的解放军领导干部讲："这次地震受损失很大，要记录下来传给下一代，下一代再发生就会受损失小一些，这样就对得起死了的，也对得起后代。"

邢台地震造成了重大损失，周恩来对此十分痛心。但周恩来历来高瞻远瞩，他考虑的并不仅仅是在目前组织好抗震救灾就完了，更多的则是今后邢台地区的防震问题。因为这更关系到邢台人民的长远幸福。

周恩来所强调的"记录下来"，目的是要对邢台地震进行研究。他在邢台的日日夜夜，一直都在考虑这个问题。他总是对身边工作人员说一定要注重对于这次地震的研究，要组织专家找出规律，进行科学预报。

为了找出地震的规律，周恩来还亲自查找资料。

周恩来要秘书把邢台县志借来，晚间，其他人都休息了，周恩来还在灯光下仔细阅读县志。

从地震发生后，周恩来就提出要加强地震的预报工作，由李四光负责。3月8日，周恩来召集国务院会议时，请李四光参加。

周恩来在会上几次问及地震预报问题。有的人则认为解决这个问题比较难，因为国际上还没有解决。

李四光说："国际上没有解决的问题，为什么我们就不能解决呢？"

周恩来十分欣赏李四光这种勇于探索的精神，称他是"独排众议"。

李四光身体不好，他不顾医生的劝阻，带病赴灾区了解情况。李四光说："你们不要再拦我了。总理都冒着生命危险去了灾区，我是做这个工作的，怎么能贪生怕死呢？"

李四光的决心增强了周恩来对研究地震的信心。

3月8日的会议后，周恩来给中共中央的特急报告中写道："按地震研究所资料，河北以宁晋、隆尧、巨鹿为中心地震地区，自公元777年始已有记载，直至1963年尚有小度地震。但地质科学家对何故发生地震、范围多大、方向如何，尚无定论。世界科学界对地震预测预报也未解决。我们拟以这次损失推动地质人员进行各方探讨，求得一些结果。"

周恩来后来回到北京后，立即指示国家科委，组织地质科学队伍前往震区进行科学考察。

无论是对在邢台抗震救灾的干部，还是对搞地震研究的科学工作者，周恩来都多次强调：

这次地震，代价极大，必须找出规律，总结出经验。我国历史上有不少地震记载，但没有对地震现象的观察和研究的经验。这次地震我们付出的代价很重，损失很大，不能依然停止在只有记录，而没有经验的地步。

虽然地震现象的规律问题是国际间都没有解决的问题，我们应当发扬独创精神，来努力突破科学难题，向地球开战，这次地震给予我们很多观察地震的条件，要很好地利用这样的条件。

周恩来这段含义深刻的指示，为我国地震工作指明了努力的方向。

周恩来从邢台回到北京不久，专门邀请地质部部长李四光、石油科学院副院长翁文波到中南海去谈话，当时在场的还有李先念副总理。

李四光和翁文波向周恩来汇报了地震预报的工作安排和设想后，周恩来亲切地对他们说："今天请你们来，就是希望你们搞地震预报，这是我交给你们的任务。"

接着，周恩来和两位科学家详细地研究了今后如何发展地震科学的问题，不但提出了初步的规划，还提出了许多具体而长远的设想。对于落实规划，周恩来也提出了许多措施。

这次小型会议，在中国地震科学发展史上具有十分重要的意义。

正是这次会议，使新中国的地震科学有了发展规划和具体措施。

之后，周恩来还亲自抓落实。他除了让秘书同各单位联系外，有时还亲自打电话，联系有关事宜。由于周恩来亲自抓这件事，许多当时需要很长时间才能解决的问题很快就落实了。

这一年的 5 月，按照周恩来和两位科学家商定的意见，邢台地震科学讨论会在北京召开。会议的主要目的，是要通过大量的材料，来分析和研究邢台地震发生的规律。

尽管地震是很难预测的，在当年的会议上，人们的意见也不尽一致，但仍然取得了许多有价值的成果。

周恩来始终关注着会议，他让秘书把会上取得的成果，甚至出现的不同意见的材料都拿来。他白天忙完工作后，晚上认真地阅读，一直到凌晨。

邓颖超见他过于劳累，便多次到他房间去，催促周恩来早点休息。

但周恩来总是说："我看完这份材料后就睡。"

一直到第二天天光大亮了，周恩来卧室里的灯光才熄灭。而此时，周恩来已经洗漱完毕，拿着他一整夜阅读并在上面作了批示的材料，要秘书尽快落实。

邓颖超也理解，周恩来心里关注着地震灾区的人民，同时也关注着中国未来地震的预报工作，关注着邢台地震科学讨论会，他睡不着啊。

5 月 28 日，周恩来专门接见了出席这次会议的代表，认真地听取了他们的汇报。

对于不同的意见，周恩来都让他们充分表达，在此过程中，周恩来以虚心的态度不时地提问，还在小本子上认真记下了许多重要的意见。

陪同周恩来接见的还有聂荣臻、郭沫若、李四光、武衡、钱正英等负责同志。

周恩来听完汇报后，亲切地对大家说："你们的讨论非常有价值，但理论要联系实际，你们还要到邢台地震现场去实践，大力协作，协同作战。"

最后，周恩来满怀信心和希望地说：

我国石油已放出异彩，我们要在地震问题上也放异彩。

周恩来十分诚恳地对青年科学工作者说："希望在你们这一代能解决地震预报问题。"

所有这些，都是周恩来在邢台地震现场考察并思考了许多重大问题之后作出决策的体现。

周恩来经常说，毛主席说过，要把坏事变成好事。我们也要从邢台地震这件事中吸取教训，把我国的地震科学发展起来，这才能把坏事变成好事。

在周恩来的有力推动下，从邢台地震起，中国地震科学研究向前迈出了一大步。正是周恩来，为祖国未来的地震预报工作制定了战略部署，使这方面工作有了长足进步。

邢台地震中，周恩来对地震工作的一系列指示，已经成为指导我国地震工作的战略方针。大批科技人员奔赴地震现场，在实践中经受住了锻炼和考验，积累了经验，我国的地震工作队伍不断成长壮大，地震预报事业也有了很大的发展。

如今，遍布全国各地的地震观测网，就是当年周恩来制定的战略方针结出的硕果。

五、 灾民重建家园

● 由于气温低，姑娘们的手和铁把一接触，就能扯下一层皮。

● 申庆林在隆尧县马栏村抢救时，带领3名战士跳下已塌陷的红薯窖，冒着连续发生余震的危险，在水中捞出2250公斤红薯种。

● 他不怕天冷水凉，卷起裤腿，赤着脚，把一个个决口堵住，一直坚持到天明。

解放军为群众重建家园

在几座搭起的防震棚前，10多位解放军战士正在给群众分发空投的饼干、烙饼。

邢台地震发生后，重灾区许多村庄由于干部伤亡严重，救灾部队在安置群众生活方面起了重要作用：空投熟食、粮食和炊具，协助基层组织分发、运送救灾物资，照顾老弱病残人员。许多战士在深夜顶风冒雨，逐户检查群众的防震棚，发现漏雨时冒雨抢修，把自己的雨衣、雨布盖在群众的防震棚上，帮助群众搭建防震棚和修建简易房。

部队在协助群众修建简易房时，没有工具，战士们就脱下鞋袜跳到泥坑里，用脚踩泥，没有抹子就捧着泥用手往墙上抹。房子修好后，让灾区群众住在里面，而部队战士仍露宿在外边。

隆尧县毛尔寨村杜家庄村，原有407户1577人，原有的房屋大都倒塌，灾情十分严重。

部队刚进村时，群众情绪低落。部队进村后马上帮助群众抢救伤员，掩埋尸体，搭建防震棚，边抢救边向群众宣传党和政府的关怀，宣传抗震救灾方针。

当群众得知周恩来亲自来灾区视察慰问和部署救灾工作时，都很感动。

有一个 30 多岁的农妇，她丈夫和两个孩子在地震中被砸死了，只剩下另外两个孩子，她感到悲观失望，情绪低落，长时间不说话。

但解放军战士的抢救行动深深感染了她，她的情绪逐渐安定下来，她说："原来想：亲人都死了，没活头了，现在看来，共产党领导、解放军帮助，还是有亲人，我要活下去。"

震后经过一星期的紧急抢救后，为了不误农时，救灾部队立即着手帮助灾区群众恢复和发展生产，一方面加强宣传工作，一方面派出大批指战员，直接带领群众恢复生产。

坦克团司务长龙元跃，帮助灾区群众拉犁，肩部被绳子勒出血也不肯休息，在场的老农感动得掉下眼泪。

某团五连班长申庆林在隆尧县马栏村抢救时，带领 3 名战士跳下已塌陷的红薯窖，冒着连续发生余震的危险，在水中捞出 2250 公斤红薯种。

马栏村人重建新马栏

1966 年 3 月 16 日，天刚刚亮，马栏村各生产队便响起了上工的钟声，宣告了春耕生产的开始。

这天，马栏村全体社员群众、参加救灾的解放军官兵、工作队队员个个精神抖擞，人们排着队，手持铁锹、锄头，奔向村外田野。

人们有的锄麦，有的送肥，有的平整土地，呈现出一片热火朝天闹春耕的繁忙景象。

共产党员何文献，地震时家中有 6 口人不幸遇难，只剩下他和两个不满 10 岁的孩子。巨大的打击并没有使他屈服，他毅然挺起了腰板，化悲痛为力量，主动挑起生产队长的重担，带领社员起早贪黑地锄麦、送肥，不失时机地开展春耕生产活动。

第二生产队社员薛书考，将自己平日积攒的 3 方粪肥偷偷运送到集体的农田里；民兵排长刘计录，组织民兵利用晚上深翻土地 4 亩多；社员段胜田义务为生产队修理农具，他因陋就简，解了春耕生产中的燃眉之急。

马栏人民在党支部的领导下，在人民解放军和地方工作队的帮助下，齐心协力，仅用 7 天时间，就锄小麦 1400 亩，送肥 3 万多立方，耕地 1320 亩，修理大中型农具 124 件，平整土地 370 亩。

随着生产的恢复，重建家园的工作已摆上马栏党支部的工作日程。经过反复研究讨论，征求意见，集思广益，对于建设新马栏达成了共识。

全村抽调10%的劳力搞建房，以充分利用旧料为主，发扬自力更生的精神，自己建窑烧砖。

青年民兵纷纷报名到建房队、砖窑上干活。建房总指挥袁景印，利用晚上在煤油灯下绘制马栏村新农村规划图，白天则带人一起放线、打桩、丈量宅基地，累得胃出血，旧病复发，几次昏倒在工地上，但仍坚持工作。

支部书记让他住院治疗，袁景印说："我是共产党员，担任咱马栏村建房的指挥员，这是党的重托，群众的信任。即使我住进医院里，也放心不下。"

由于过度操劳，他病情加重。党支部决定立即将他送进医院。可是袁景印没住上3天，他又偷偷地跑了回来，积极进行房基地的测量工作，并亲手带出了5个徒弟，大大加快了施工的进度。

70多岁的何老寿是马栏村的老瓦工，但他不服老，他主动向党支部要求上架板垒墙带徒弟。因为他年纪大，手脚不灵便，曾几次从架板上摔下来。

党支部劝他不要上架干活，但是何老寿说："我要向解放军学习，轻伤不下火线。我要为重建新马栏献出光和热。"

在建设新马栏村时，许多社员表现出极大的积极性。拌灰组的赵振海表现得尤为突出。别人下班了，他仍在继续干。为了不影响施工，赵振海利用别人休息的时间，独自一人把一大池泥灰一锹一锹地拌好，又一担一担地挑到墙基前，倒进灰斗里。

别人叫他"疯振海"，赵振海说："我振海不疯也不傻，是自愿为建设咱新马栏多出点力，来报答党中央、国务院对咱灾民的关怀。"

为了保证建房施工正常进行，青年民兵主动利用夜间，从窑上将砖运到施工现场。

可是天有不测风云。4月14日，突然电闪雷鸣，风雨大作。砖窑上10多万砖坯有被雨水淋坏的危险。

紧急时刻，民兵们不约而同地拿起自己家的被子、麻袋、炕席等，冒雨向砖窑跑去。

青年女民兵薛书萍拿着被子飞奔途中，不知摔倒了多少次。她满身都是泥，头发上的水往下流，雨水模糊了她的双眼。薛书萍跌跌撞撞地终于跑到了窑上，将被子盖到坯子上。

32个民兵奋战了2个小时，终于保住了集体的砖坯子。虽然衣服被淋湿了，还弄得满身泥水，但是他们一个个脸上露出了胜利的笑容。

在重建家园中，上至70多岁的老人，下到10多岁的儿童，都自觉自愿地为集体出力。他们利用晚上挖旧砖800余万块，旧木料700余立方，经过规整后，重新使用。

旧料的充分利用，大大降低了建房成本，又节约了人力物力。仅砖一项，就节约资金 10 万余元，木料节约 14 万元。自己烧砖 288 万块，被地区地震救灾指挥部评为旧料利用先进单位，并应邀在地区召开的重建家园表彰大会上介绍经验。

马栏村在建房中，实行了一条龙施工方法。

村里成立了 4 个建房专业班，一班负责夯实根基，二班负责垒墙，三班负责上木料，四班负责铺箔上土。各司其职，分工明确。这就大大加快了建房进度。在当年就完成了建房任务的 70%。

到 1968 年 7 月，经过两年多的艰苦奋斗，马栏人终于在一片废墟上建立了新马栏。社员们欢天喜地，乔迁新居。

干部组织恢复农业生产

1966 年 3 月 27 日，距强震仅仅 5 天，较大的余震还在继续。受灾群众还没有完全安顿下来，宁津县各工委、公社的领导同志分片保村，带领干部逐户进行检查安顿。

城关工委的几名同志不顾风吹雨淋和道路泥泞，连夜将 2100 领苇席、1500 个草袋和 9400 多个草帘子送到军烈属和特困户中。

地震使灾区农业遭到严重破坏，农田积沙、冒水，生产工具被砸坏，耕畜死伤，劳动力减少。部分村干部死伤导致基层班子瘫痪，群众的情绪低落。

震后的最初几天，灾区的农业生产基本处于停顿状态。农业是农民的支柱产业，且季节性很强，误了农时，必将影响灾区的恢复重建。

对此，灾区的各级领导非常重视，在紧急抢救尚未结束时，就向灾区群众提出了"家里的损失，地里补回来"的响亮口号，并制定了恢复农业生产的具体措施。

农村领导班子在震后加强了建设，对干部伤亡较重的村庄，从轻灾区抽调一些干部到重灾区临时代职，把抗震救灾中涌现的先进人物选拔到领导岗位上来，以充实和加强领导力量。

在灾区农村建立生产、生活两套班子。一套人马抓灾民的吃、穿、住、医等生活问题，一套人马抓农业生产。

为了帮助灾区恢复农业生产，国家调拨了大批生产物资、农机具等。其中有排子车、肥料、饲草料、铁锹、圆钉、铅丝、小农具维修木材、木锯条等。这些物资源源不断地运往灾区，保证了灾区农业生产的恢复和发展。

从天津、石家庄、邢台等地抽调了技术人员，为灾区修理大型农机具和排灌机械设备。

灾区地方农机修理站还自制了一个个小农机具，各村的能工巧匠也各施绝技自制小型农机具，从而保证了农业生产急需。

灾区各地都及时组织劳力，对水利设施进行维修加固，整修了部分水风扬水站和水渠。邢台地区除修复旧井外，还新打机井 2993 眼，打砖井 9199 眼，扩大浇地 816 万亩。

针对地震对农田的破坏，灾区各地及时组织劳力清理被喷沙掩埋的土地，运走淤沙，平整地裂缝并及时追肥、浇水、锄草、保墒，有效保护了禾苗，为夺取全年丰收打下了基础。

为了稳定群众情绪，尽快恢复生产，邢台各地、县、乡干部及救灾解放军深入灾区村庄，直接与灾区群众同吃、同住、同劳动，极大地激发了灾区群众恢复生产的积极性，使灾区干部群众振奋了精神，增强了恢复生产、重建家园的信心。

参加救灾的解放军各部队、中央工作组、地方工作队也积极参加春耕生产，白天下地劳动，晚上清理房基地，奠基打夯，拉土积肥。

通过宣传教育，下乡的干部们以身作则，使得灾区基层干部群众恢复生产、重建家园的积极性高涨。

大震后不久，重灾区一部分村庄又响起了上工的钟声。除重伤员、老弱儿童外，灾区广大群众又活跃在田间地头，在灾区广大干部群众的努力下，积极克服一切困难，在大灾之年夺得了农业大丰收。

灾区群众积极开展生产自救

3月22日发生地震时，56岁的社员李庆海和青年社员翟合均正在打井。他们望见村里雾气冲天，就跑回家去看。进村一看，发现房屋虽倒塌，但没有人员伤亡，他俩悬着的心才放下了。

李庆海对翟合均说："让它震去吧，再大的地震也震不倒咱们，咱们回去打井去！"便又立即赶回工地。

当时他们心里想的是，这眼机井已经钻了5丈深，如果放下不管，井身就有随时塌陷的危险，就会耽误农时。在这以后，地震并没有完全停止，李庆海和翟合均一起在工地上坚持打井，直到打好。

这些天来，一辆辆载满粮食、生活用品和建筑材料的汽车，从四面八方开到灾区，灾区人民在这最困难的时刻，得到了政府和全国人民巨大的支援。

许多村庄的群众在接受各地运来的支援物资时，激动得热泪盈眶。受尽旧社会苦难的老农们说："要是在旧社会遭这样的灾，就是砸不死，也要饿死！还是社会主义制度好。"

在很多的村庄里，救灾部门把铁碗、草席、木料发了下去，但过了几天，因为有些村庄尽量精打细算，节约国家的物资，能自己解决的困难尽量自己解决，这样，

● 灾民重建家园

有些救灾物资又被退了回来，他们要求救灾部门把这些物资转运到别的受灾地。

一个只有 62 户的生产大队地震时，这个大队的房屋全部倒塌了。村社员在讨论时，提出"立下愚公移山志，双手重建新家园"的战斗口号，社员们分头从土里挖，很快凑起了万块砖、400 多根梁和一些木料。

盖房用的砖石是各户凑出来的，建房工具也自己解决。这样，修建 130 间房屋的砖、料等基本备齐。全队劳动力 70 多个，分别投入了生产、建房两条战线。有的孩子自动组织起来搬砖、运灰。

春耕大忙的时节已经迫近，震区田间活动显得非常繁忙。在一片片绿油油的麦田里，人们在锄地、浇水、追肥。在大块的经过翻耕的土地上，人们在赶着牛儿耙地。在村庄里，有的在修理农具，锯木声、打铁声响成一片。有的在选种育苗，准备春耕。

有一个社员曾经向上级派来慰问的人员说过这样一句话："家里丢的，要从地里找回来！"他的意思是说，地震震倒了我们的房屋，砸伤了我们的亲人，我们绝不能向困难屈服，要更加顽强地去和大地作斗争，让它给我们多出粮食，补偿损失。

有一个县，去冬今春修起的几百条灌溉渠，这次地震时受到不同程度的破坏。而修渠、改造旱地，是这个县今年夺取农业丰收的主要措施之一。

地震后的第二天，县委就开会动员布置全县社员修复水渠。

第三天，许多社队立即行动起来，他们只用了 3 天时间，就把全县的渠道修好，并开闸引水。

社员刘廷元在晚上也劳动，他开机浇麦田，由于天黑、水猛、地湿，田里不断开口跑水。

刘廷元不怕天冷水凉，卷起裤腿，赤着脚，把一个个决口堵住，一直坚持到天明，浇了 30 多亩小麦。人们问他冷不冷，刘廷元憨厚地摇摇头。

姑娘们组织打井盖房

1966 年 3 月 8 日，一场大地震把白家寨全村所有的水井都震坏了。3 月 10 日，周恩来来看望受灾群众时，走到一口破坏的水井前问：现在百姓吃的是甜水还是苦水？村支部书记靳景印说：苦水，震后井都破坏了。

周恩来说：要打深井，要改造大自然，让百姓都吃上甜水。

为了落实好总理的指示精神，白家寨村支部决定成立自己的打井队。

听说要成立打井队，以村民武敬彩为首的 18 名姑娘找到大队部，要求成立白家寨村"三八妇女打井队"。看着只有十几岁的姑娘，靳景印告诉她们打井是个很苦很累的活儿，姑娘家做不了这个活儿。

可是，姑娘们就是缠着不走。靳景印只好答应了她们的要求。就这样，白家寨"三八妇女打井队"成立了。

18 位姑娘中，最大的 23 岁，最小的才 17 岁。打井条件非常苦，全是人工架子，人力蹬大轮子，日夜不停地干。但是，没有一个人叫苦叫累。

打井队成立后打的第一眼井，深达 220 米，用了将近 7 个月的时间才打好。打井队打第一眼深井时，队长武敬彩等人当时连手套都没有，打井打到卵石层时，特别硬，姑娘们的手全都是血泡，血流不止，但没有一个人打退堂鼓。

由于气温低，姑娘们的手和铁把一接触，就能扯下一层皮。

"三八妇女打井队"仅用一年多的时间，一口气打了5眼井，让群众吃上了甜水。

1976年7月，听说唐山地震的消息后，18名"三八妇女打井队"队员坐不住了，"当年我们遭灾，全国人民支援我们；如今唐山也遭了灾，我们要赶过去支援灾区!"在她们的一再请求下，公社、县委的领导都同意了。

她们是7月28日去的，用了100天左右的时间，打了31眼80多米深的井。

1977年4月份，在唐山抗震救灾先进集体先进个人劳模会上，武敬彩代表打井姑娘受到了国家领导人的接见。

在隆尧马栏村，有5个姑娘分别是薛书萍、段俊花、袁永枝、何胜书、薛缺巧。她们从小一起长大，一起下地，一起学习，不是亲姊妹胜似亲姊妹。

1966年3月8日地震发生时，5位姑娘都很幸运地跑出了屋子。天亮了，她们发现房子倒塌了，亲人都埋在废墟下。

看到这些，马栏村妇女主任、年仅21岁的薛书萍，把几个姑娘召集到了一起，商量着以后的日子该怎么过。

她们虽然很难过，但她们决心以自己的双手重建自己的家园。

从此，她们不分昼夜努力地劳动，同时还照料着5个在地震中失去双亲的孤儿和一个重伤员。

伤员叫赵小田，姑娘们不顾羞涩，给他端尿端屎、喂水喂饭，直到伤员被医院接走。

一次，姑娘们看到外地给村里支援10吨盖房用的生石灰，但若不加工成熟石灰是不能使用的。晚上，她们卷起袖子，拿起铁锹，自己干了起来。一夜之间，她们将生石灰加工成了小山一样的熟石灰。

就这样，这5位年轻的姑娘用自己瘦弱的肩膀和纤细的双手同亲人解放军、乡亲们一起为重建家园不分日夜地劳动着。

六、 全国支援灾区

● 1 时 30 分，兰州回了电话说：我们这里有
药，现在包装，正联系空运。

● 途中有些马匹因为疲劳不吃草料，白玛才旺
就用自己带的糍粑喂马。

● 有的把身上穿的毛衣脱下来抛到站台。邢台
火车站一时间成为旅客献爱心的一道风
景线。

全国迅速动员救治伤员

在石家庄河北医学院第三医院的隔离室里，住着一个病妇。床头的卡片上写着：何花，50岁，马太村人。她精神很好，输液架上吊着一只大瓶子，正在为她输液。

何花是小腿骨折，入院前已经打了石膏，经过检查，伤处有气味，是发生了气性坏疽。这种病厉害得很，传染性很强，发病后不截肢，很快就威胁到生命。

治疗这种病有一种特效药，叫气性坏疽血清。当时医院有一些，立即给她用上了，可是需要量不足。医院请求石家庄医药公司援助，医药公司打通北京的电话，北京医药公司的同志们四处奔走，不知道联系了多少单位，只找到了40支，当即连夜全数发来。

接着，医院又联系了武汉生物制品研究所，没有这种药，又和兰州联系。

这时，已经是午夜了，兰州的电话接不通。怎么办？一封加急电报向兰州发去了。1时半，兰州回了电话说：我们这里有药，现在包装，正联系空运。

从兰州到北京，有一个途经太原的民航班机，往石家庄没有航线。这时候，空军部队得知了消息，请求把任务交给他们。

民航的同志们说："你们能去，我们也就能去。"他们了解了航线，一早就向旅客们宣布：今天因为有个紧急任务，班机不在太原着陆，改道石家庄，请你们原谅。

这天黎明，一架客机从兰州起飞，9时40分，在石家庄机场着陆。

何花的生命保住了，腿也保住了。

为了一个普通社员的腿，医药部门一夜之间竟联系了近半个中国；为一个普通社员的腿，正常的班机不惜改变航线飞行。

在邯郸铁路医院的院长室里，挤满了铁路职工家属，她们已经多次向院方提出自己的要求了，要当护士，护理伤病人。要帮护士洗药布，要帮护士为病人倒水、喂饭。总之，她们要为姐妹尽一尽自己的心意。

院长李保康拒绝的言词说尽了，人们就是不散，最后弄走了病人的被、褥、衣服、鞋袜，拆拆洗洗，做好了，又送到医院。任务完成了，人们又来了，还是要求新的任务。

这是一个不大的医院，他们的条件也差些，但是，医生、护士们一再督促院长去要求重任务。

3月13日，医院接受了社员吴英源的小孩吴明山。入院以来，这个孩子一直昏迷不醒，肚子胀得老大，几次会诊，断不清病情，最后，他们向北京铁路总医院发出请求。

当晚，北京铁路总医院泌尿科的主治医师王焕然来了，同一个时间里，太原铁路医院、山西临汾铁路医院都得知了这个消息，主动派来了医疗技术好的医师协助工作。他们下了车，不吃不喝，先到病房，立即会诊，断定是膀胱破裂，立即进行手术。

手术以后，小明山得救了，吴英源感动得拉着医生的手，满脸热泪地说："大夫，俺怎么感谢你呢?"

医生们告诉他："我们是毛主席派来的，要感谢，就感谢毛主席，感谢咱们的社会主义制度吧!"

藏胞不远万里到灾区送马

　　早晨天刚放亮，60 岁的奴隶出身的藏族老阿妈彩旦珠嘎，领着她的儿子布穷，牵着一匹母马，驮着马料，背着干粮，出现在一条盘山道上。

　　老阿妈头上冒着汗，喘着气前行，她生怕耽误了时间，想赶快到达目的地。

　　走了一天，翻过两座大山，绕过一个大湖，整整赶了 50 公里路才到达区委，她坚决要求把一匹怀了小马的母马支援给灾区人民。

　　夜已深了，波密县易贡区仲白乡林雄农业生产互助组的组员们挤在一个屋里，争论不休，有的人心情很激动。发生了什么事呢？原来，大家正在讨论全组 10 多个青年小伙子中谁最爱护马的问题。

　　这个组决定要送 3 匹马去支援邢台人民，并要亲自派人送到邢台，派谁去呢？在会上经过一番争论，最后大家一致同意派互助组长白玛才旺，因为他处处热爱集体的牲畜，办事最认真。

　　1966 年 4 月下旬，50 多位翻身农奴和奴隶出身的代表组成了慰问团，赶着 240 匹马，从西藏高原出发。临行前，不少藏族老大爷、老大娘，手捧着洁白的哈达挂在马的脖子上，请送马的农牧民转达西藏人民对正在同困难作斗争的灾区人民表示无限敬意。

藏北巴青县羌塘乡牧民吐登，把自己骑的一匹马支援给邢台人民，他从很远的乡下牵来，把马身刷了又刷，马鬃梳了又梳，还在马鬃和马尾上扎了红绿绸带，表示"扎西德勒"，即"吉祥如意"的意思。林周县旁多乡的藏族老阿爸送行时，给马换了新掌。

一个叫茂拉的藏族老妈妈送行时抱住马的脖子，像嘱咐自己的孩子一样说："好好听话，好好劳动，不能想家。"

240匹马起程后，送马的人细心照顾马匹，白天和马同道，晚上和马一起在路边露营。夜里他们怕马受寒，把自己的衣服脱下来搭在马背上。

翻越唐古拉山时忽然天气变冷，他们怕马喝了冷水肚子痛，就烧温水饮马。途中有些马匹因为疲劳不吃草料，白玛才旺就用自己带的糌粑喂马。

有一段路用汽车运送，一位叫慕尼的农奴出身的代表，怕马在车上磨伤皮肤，就撕下自己的棉衣包住马身。

路上，有的人生了病也不肯休息，带病坚持着喂马。

由于他们的细心照料，全部马匹安全越过唐古拉山，跨过昆仑山口，横穿青藏大草原，又经过柴达木盆地，随后改乘火车，整整走了26天，行程5万多公里，终于把240匹马护送到了邢台。

途中，每到一站，站上的工作人员整夜都不休息，给马匹喂草加料，请兽医检查马的健康状况。

到青藏公路终点站甘肃的柳园站时，站上准备好了足够饲料，工作人员被藏族兄弟这种崇高的友情所感动。他们竟坚持要把站上仅有的一头小毛驴交给代表们带到邢台，表示他们对灾区人民的一点心意。

藏族兄弟们难却他们的盛意，就把小毛驴一起带上了。

西藏自治区人民委员会，考虑到西藏农牧民翻身不久，家底较薄，决定作价付款。但农牧民们说什么也不肯收，有的说："给钱还叫什么支援。"

后来，自治区人民委员会还是规定给献马的农牧民一些报酬。

他们到了邢台灾区，灾区人民热烈欢呼。他们同藏族兄弟紧紧地拥抱在一起，并把藏族兄弟接到自己家里去做客。农民们拿出最好的饲草，喂养这批来自西藏的马。

得知藏胞要来的时候，社员们奔走相告，家家户户像过节一样，积极为慰问团备饭。原千户营村村民刘合喜的老伴为让西藏同胞在这吃好，提前好几天就开始准备麦子磨面。

千户营村接受了两匹马，为了不使这带着深厚民族情谊的良马受一丝委屈，队长齐金仓特意从村里选派了一个曾参加过抗美援朝的驯马师当饲养员，并选用最好的饲料来精心喂养。很快适应了新家的两匹高原马，正赶上收麦天，不辱使命能干得很。

省长刘子厚等负责人，代表邢台灾区人民和全省人民对藏族兄弟的情谊表示衷心的感谢。省委和省人民委员会为他们举行了欢迎会，又安排他们到河北省各地去参观访问。

藏族兄弟每到一地，人们都敲锣打鼓，像迎接亲人一样来欢迎藏族兄弟代表。

在拉萨出发时，总共是240匹马。到了邢台灾区以后，因为波密县彩旦珠嘎老阿妈送的那匹马生了驹，又加上半途"入伙"的那头小毛驴，就变成242匹牲口了。马群增加了一个"小兄弟"，生了一个小马驹，这使送马和爱马的人都非常高兴。

送马的藏族兄弟代表在访问地震灾区时，还在灾区植树造林，留作永久的纪念。

为了向汉族兄弟学习先进经验，他们到河北省各地去参观。他们访问了遵化县坚持"三条驴腿"办"穷棒子社"而闻名全国的建明公社西铺大队，听了建明公社社长、西铺大队党支部书记王国藩介绍"穷棒子社"成长发展的经过。

在那里，藏族兄弟代表同社员一起平地、担土，共同建起一块"民族团结田"。

为了答谢藏族兄弟代表万里送马的盛意，河北省天津市不少工厂给西藏的农牧民兄弟赠送了礼品。礼品中有新生产的水轮泵、新式步犁、铁锹和藏族农牧民需要的毛刷、毛剪、镰刀、手推车等。有的工厂还准备派专人到西藏去帮助藏族农民安装水轮泵，把技术传授给藏族兄弟。

当年，汉藏同胞在隆尧县栽下的 32 棵"友谊树"已是枝繁叶茂。

时任西藏自治区政府副主席的洛桑顿珠比喻说："汉族和藏族是同一个妈妈的儿女，谁也离不开谁。愿西藏人民和邢台人民之间的友谊像雅鲁藏布江一样源远流长。"

邢台发生地震，藏族人民从遥远的青藏高原送来了一份特别的礼物。

全国人民踊跃支援灾区

1966 年 3 月 10 日，中央人民广播电台播发了邢台地震的消息。

11 日，《人民日报》以《河北邢台地区发生强烈地震，党和政府领导人民大力救灾》为题，在头版头条报道了邢台地震的消息，并以《灾区的英雄人民是难不倒的》为题发表了社论。

邢台地震的消息震动了全国，牵动着全国各族人民的心。自此，一个以党和国家支援为主，地方政府、兄弟省市、解放军支援为辅，全国人民献爱心的救援行动迅速在全国展开。

在地震发生后，党中央、国务院为帮助灾区解决医疗费、生活救济，购买修简易房的物资，补充生产资料和修建永久性住房，抢修公路和通讯线路，空投熟食和无偿支援物资的运输，先后拨给邢台地震灾区救济专用款，同时调拨了大批建筑材料、物资，用于生产生活。

河北省委、省人委向邢台、邯郸、石家庄、衡水、保定、沧州等 6 个受灾地区拨救灾专款，同时向灾区调拨了急需的食品、粮食、棉花、煤炭、钢材、木材及日常生活用品。

河北省各地市也给邢台灾区以很大支援。特别是在地震发生后一两天内，兄弟地、市克服本地受灾的困难，倾力支援邢台重灾区，表现了极高的热情。

石家庄、邯郸、沧州、天津地市的几十万公斤熟食品、面包、饼干以及生活用品解决了灾区群众的吃饭问题，衡水、唐山、承德、张家口支援的苇席、麻绳、草袋、油苫解决了灾民搭建简易房之急需。

邢台强烈地震发生后，天津市委、市人委立即进行紧急救灾动员。由全市医务人员争先报名组成的医疗工作队，由天津市副市长路达、卫生局副局长张兆铭等带队，赶赴救灾第一线。

同时，市医药批发站和医药公司派出40多名熟悉医疗器械性能的职工，赴邢台地区参加抢救。

天津铁路分局为了用最短的时间将药品、医疗队运出，增开专列运送。

到11日，他们已增开了3列火车，专门抢运救灾人员和物资，中国民用航空河北省管理局接到省卫生厅派飞机运送药品电话以后，立即从北京调来夜航机，连夜送出人员和药品。

邯郸地区专署于震后迅速成立了支援地震抢救指挥部，在3月8日当天，先后派出4批医务人员，赶赴受灾地区抢救受伤灾民。

市医药公司立即派车装好药品送往灾区。交通运输部门派出一批汽车，赶运各种物资。

邯郸市土产经理部的职工接到调拨一批草袋的任务

后，连夜装车，随装随运。专区木材公司 14 名职工，为保证灾区阶级兄弟及时重建家园，5 个小时就把 100 立方米木材装上车，运往灾区。饮食和食品加工部门的职工，连夜加工出大批食品运往灾区。

石家庄地委、专署和市委、市人委在邢台地震发生后立即组成支援救灾指挥部，从各方面组织人力物力进行支援。

石家庄地委书记康修民、专署副专员郭志闻讯后，马上赶回机关，研究和组织支援工作。医务部门不到 3 个小时就组成了一支强大的医疗队伍，赶赴邢台地区进行抢救。财贸战线上的广大职工，为了支援灾区的抗灾斗争，夜以继日地坚持工作。

桥东区两个木器厂，听说灾区需要木板，职工们就日夜赶制。专、市交通运输部门大力组织运输力量，抢运救灾物资。运输公司的司机李清全，为了赶运救灾物资，连续工作 25 个小时，往返 6 趟。

邢台强烈地震发生后，衡水地委书记赵树光立即从农村赶回，召开紧急会议，要求专直各机关、企业和各县大力支援受灾人民，灾区需要什么，支援什么。

地委支援邢台灾区的指示下达后，广大干部和职工迅速行动，连夜为灾区人民筹集和装运各种救灾物资。

专区供销社副主任曹世林，带领机关所有人员，一夜为灾区人民包装好 1 万片苇席、5 万条草袋、2500 公斤麻绳。

灾区群众需要药品，专区医药公司的全体职工连夜把药品包装好，安排外运。

一方有难，八方支援。地震发生后，北京、上海、山东、山西、河南、浙江、安徽、湖北、湖南、广东、广西、云南、四川、陕西、宁夏、西藏等全国 24 个省、市、自治区，18 个大中城市，向灾区支援了物资。

各省、市支援邢台灾区的主要物资有 6 大类 48 种之多，总价值 1654 万元。包括生活用具、建筑材料、生产资料和医疗器械等物资。这些物资大到汽车、骡马，小到火柴、蜡烛。从南国的毛竹到北疆的大豆，应有尽有。

陕西省得知邢台地震的消息后，将天津市支援陕西的汽车，在调运途中，直接转移支援邢台灾区。

中国人民解放军除直接参加邢台救灾抢险外，还无偿支援邢台灾区大量救灾物资，如军马、粮食、帐篷、胶鞋等 10 余个品种。

全国各族人民以极大的热情向邢台灾区伸出了关爱之手。从机关、学校、厂矿、医院、农村至军营，从工人、农民、干部到学生、解放军战士，上至高龄老人，下到七八岁的红领巾，纷纷捐款捐物，他们以不同的方式来表达他们对灾区人民的关爱，给灾区寄来了现金、粮票、布票、食品、衣物等救灾物资。

特别令人感动的是，邢台地震后的短时间里，通过邢台火车站的铁路旅客，不留名、不留姓，纷纷从车窗里向站台上抛东西，有现金、粮票、衣物、食品，有的把刚刚买来的衣服抛到站台上，有的把身上穿的毛衣脱下来抛到站台。邢台火车站一时间成为旅客献爱心的一道风景线。

救灾期间，邢台灾区共接收全国各族人民个人的捐款91万余元，粮票19.8万斤，布票3.5万尺，包裹1391个，充分展示了社会主义国家一方有难、八方支援的精神风貌。党和政府及全国人民的支援，为夺取抗震救灾的胜利奠定了重要的物质基础。

全国人民不仅有物质的支援，还有精神上的支援。在震后的一段时间里，各省、市、自治区及兄弟地、市纷纷组成慰问团，赶赴邢台灾区慰问。他们是北京、内蒙、陕西、河南等20个慰问团。寄往灾区的慰问电报、信函如雪片般飞来。

据统计，救灾期间寄往灾区的信函共达3万余封，字里行间无不寄托着全国人民的深情厚谊。那一句句无比亲切的问候，一段段激昂振奋的鼓励话语，成为灾区人民战胜灾害、夺取抗震救灾胜利的精神动力。

邢台地震的消息不仅震动了中国，也震动了世界。一些爱好和平、同情和支持社会主义中国的友好国家和国际友人，纷纷向中国政府及领导人发来慰问电，向灾区人民致以诚挚的慰问，这些国家有朝鲜、巴基斯坦、越南、罗马尼亚、阿尔巴尼亚、缅甸、老挝等。

本书主要参考资料

《国史全鉴》本书编委会编 团结出版社

《共和国五十年珍贵档案》中央档案馆编 中国档案
　　出版社

《共和国要事珍闻》郑毅 李冬梅 李梦主编 吉林文
　　史出版社

《中国大决策纪实》黄也平主编 光明日报出版社

《邢台地震与抗震救灾》中共河北省委党史研究室编
　　中央文献出版社

《一九六六年邢台地震》河北省地震局编著 地震出
　　版社

《一九六六年邢台地震实录》国家地震局地球物理研
　　究所编 福建科学技术出版社

《邢台地震区建筑物抗震加固和修复经验调查报告》
　　北京市公安局抗震办公室编 北京市公安局抗震
　　办公室

《周恩来传》金冲及主编 中央文献出版社